KB060123

여름에
우리가
먹는 것

여름에
우리가
먹는 것

송지현
소설

문학동네

차례

여름에
우리가
먹는 것

1

    이모가 전화를 걸어와 한 달 뒤에 유럽 여행을 갈 예정이라고 말했을 때 나는 휴먼고시원의 침대에 누워 있었다. 내 방엔 다행히 창문이 있었고, '휴먼고시원' 중 '먼고' 두 글자가 창문에 거꾸로 붙어 있었다. 월세방 계약이 만료되어 새 방을 구하는 중에 잠깐 머무는 것이었는데, 고시원이라는 단어가 가진 임팩트는 대단했다. 주변 사람들이 날 자꾸 불러내어 밥이나 술을 사줬다. 밥이나 술을 얻어먹고 새벽의 고시원 복도를 살금살금 걸어 돌아올 때면, 임시라는 사실이 얼마나 안도가 되던지. 그런 날엔 아무나 붙잡고 묻고 싶어졌다. 어떻습니까, 우리 모두 이곳을 임시로 거쳐

가는 것이 맞겠지요, 휴먼?

　그랬지만, 사실은 고시원과 다를 바 없는 방 정도를 구할 수 있는 사정이라 조금 슬펐다. 그래서 그날은 아무 약속도 잡지 않고 그냥 침대에 누워서 '먼고'만 바라보고 있었던 것이다. 먼 곳도 아니고 먼고라니. 창이 얇아선지 에어컨을 틀어도 영 시원해지지 않았고, 아, 이곳을 좀 떠나고 싶다. 그런데 이곳이란 게 고시원인가, 서울인가, 내가 떠나고 싶은 곳이 정확히 어디지, 그런 생각을 할 때였다.
　이모는 휴대폰 너머로 다짜고짜 이렇게 말했다.
　―얘, 나 여행 갈 동안 우리 뜨개방 좀 봐줘.
　―내가 거길 어떻게 봐.
　―그냥 정해진 시간에 열어두기만 하면 돼.
　―사람들이 뭐 물어보면 어떡해.
　―어차피 다 고수야. 다들 알아서 뜨개질하면서 수다나 떨어.
　―생각 좀 해보고.
　전화를 끊고 나서 혼자 고민하고 있자니 머리만 복잡해져서 고교 동창인 b를 불러냈다. b가 좀 멀리 사는 탓에 나는 만나기로 한 맥줏집에 미리 가서 앉아 있었다. 안주도 인테리어도 별 볼 일 없지만 미리 얼려둔 맥주잔을 내주는 것이 좋아서 자주 오는 곳이었다. 맥주 한 잔에 말린 한치를 시켜서 먹고 있으니 b가 도착했다.

정장 차림의 그는 한치를 보자마자 날 타박했다.

—난 술집에서 한치 시키는 게 그렇게 돈 아깝더라.

—그렇다고 한치를 집에서 먹게 되진 않잖아.

그는 골똘히 생각하더니 대답했다.

—그건 그래.

그는 그건 그렇다는 대답과는 별개로 모둠 튀김을 시켰다. 음, 모둠 튀김도 좋은 안주지. 그러고 보면 사람들이 안주를 고르는 기준은 뭘까? 안주는 대부분 무난하고 맛있지 않나. 무언가를 고른다는 건 그 대상이 선택된다는 것. 안주마저도 선택되고 있는데 나만 비껴가고 있는 느낌. 말하자면 나는 한치랄까. 튀김류나 찌개류는 가성비와 대중적 입맛 면에서 뛰어나기 때문에 선택되기 쉽지만 한치는 나처럼 돈 아까운 줄 모르는 애나 시켜 먹는 것이기 때문에. 그러고 보면 참 한치 같은 인생이네, 생각하며 한치 몸통을 씹고 있는데 b가 말했다.

—평일에 웬일이야?

—어. 그냥.

—설마 평일인 줄 몰랐냐?

—그런 셈이지.

그는 날 흘겨보더니 아, 맥주 시키는 거 깜빡했다, 고 말했다. 나는 크게 소리를 질러 맥주를 주문해주었다. 그리고 물었다.

—넌 평일에 웬 정장?

—면접 봤어.

—웬 면접?

—아는 형 회사에 디자이너 자리 났대서.

—너 하던 작업은?

—……그건 나중에도 할 수 있으니까.

—뭐야, 비장하게 말하지 마. 구려.

우리는 웃었고, 그의 입사를 기원하며 잔을 부딪쳤다. 하지만 나는 내심 그가 취직하지 못해 자신의 작업을 계속해나가기를 바랐다. 그런 마음을 들키지 않으려고 맥주를 연거푸 마시다보니 여느 때처럼 취해버렸고, 술집에서 나와 엿장수의 수레 앞에서 춤을 추려는 것을 b가 만류했다. 그리고 암전.

2

그래서, 라는 접속부사를 좋아한다. 왠지 그래서, 라고 말하면 모든 말의 앞뒤가 맞아지는 것 같다. 별로 궁금하지 않은 이야기를 들을 때도 그래서? 라고 되물으면 훌륭한 경청의 모습을 보여줄 수 있다. 그렇기 때문에 b는 내가 그래서? 라고 물으면 자신의 이야기에 흥미가 없다는 걸 단번에 알아차린다. b는 나에 대해 너무 많이 알고 있다. 그래서 죽어줘야겠어, 라고 b에게 말한 적도 있다. 실제로는 한 톨의 원망도 없는데 나는 그런 말을 자주 한다. 진짜로 죽이고 싶은 사람들은 따로 있다. 나는 남을 죽이고 내 인생이 망가지는 악몽을 자주 꾼다. 악몽 속의 나는 항상 사소한 실수로 살인을 한다. 원망 때문에도 증오 때문에도 아니다. 그런 실수로 인생이 망가져버리는 것을 두고 볼 수가 없어서 나는 시체를 유기한다. 하지만 결국 진실은 밝혀지는 법. 그런 꿈을 꾸다 깨어나면 그렇게 안도될 수가 없다. 내 인생이 망가지지 않았다는 것이…… 그런데 망가지지 않은 것이 맞나? 어쨌든.

그래서, 나는 휴먼고시원의 생활을 정리하고 뜨개방 일도 미리 배울 겸 고향으로 내려오게 된 거였다.

3

이모의 뜨개방은 재래시장의 긴 골목에 위치한 작은 가게다. 왼쪽엔 원조소머리국밥집이, 오른쪽엔 민속이불집이 있는데, 원조소머리국밥집의 국밥은 맛있고 민속이불집의 이불은 촌스럽다. 원조소머리국밥집의 단점은 돼지머리를 대야에 담아 입구에 둔다는 것이다. 소머리국밥집인데 대체 왜 돼지머리가 있는 것일까, 라는 의문은 뒤로하고 입구에 들어서서 희미하게 웃고 있는 것 같은 돼지 사체 옆을 지나가면 순간적으로 입맛이 떨어지기 마련이었다. 하지만 소머리국밥을 한 숟가락 뜨면 입맛은 바로 돌아왔고, 뭐 사실 돼지머리 같은 거야 크게 상관없게 되는 것이다. 민속이불집의 경우 주고객은 결국 시장 사람들로, 이모의 집에도 연두색 여름 러플 이불과 커다란 꽃이 그려진 보라색 극세사 이불이 있었다. 어릴 땐 그걸 덮으면서 이모의 집은 임시로 머물 곳이고 언젠가 나도 내 취향의 이불을 켜켜이 쌓아둔 내 집이 생기겠지, 라고 생각했는데……

이모는 내가 도착하자마자 시장을 돌아다니면서 나를 소개시켰다. 얘가 내 딸이야, 응, 내가 키웠으니 내 딸이지, 얘는 음악해, 앨범도 냈어, 앨범 이름이 뭐더라, 하여튼 유튜브에 검색해봐, 이런 식이었다. 나는 이모 옆에서 인사를 꾸벅꾸벅하며 유튜브엔 잘 안 나와요, 멜론에는 있어요, 근데 안 들으셔도 되는데, 사인이요, 하하 어디 쓰시려고, 를 반복했다. 그렇게 반찬가게, 생선가게, 신발가게에 내 사인이 붙게 되었다.

이모는 나를 데리고 다니면서 고등어와 콩나물, 칠게볶음을 샀다. 내게 신발을 사주려는 것은 필사적으로 막았다. 신발 디자인이 하나같이 시대를 너무 앞섰거나 너무 뒤처졌기 때문이었다. 이모는 가게문을 일찍 닫고 집에 들어가 저녁을 차려 먹자고 했다. 메뉴는 고등어김치찜과 콩나물볶음, 그리고 칠게볶음. 이모가 말했다.

—너 칠게볶음 좋아했잖아.

—내가?

—맨날 싸달라고 했잖아.

그건 사실이었다. 한번은 이모가 도시락 반찬으로 칠게볶음을 싸준 적이 있었는데, 그게 그날 아이들 사이에서 선풍적인 인기를 끌었다. 아이들은 그렇게 작은 게는 처음 보았다며, 게를 통째로 씹어 먹어야 한다는 것을 신기해했다. 은근히 징그럽게 느껴지는 게를 자신이 씹어 삼켰다는, 일종의 승리감도 한몫한 것 같았다. 나는 그뒤로도 몇 번이고 이모에게 그걸 싸달라고 했다. 하지만 아이들의 관심은 얼마 안 돼 새로운 메뉴로 떠났고, 정작 나는 칠게볶음을 좋아하지 않았다. 그런 얘길 이모에게 하지 않았나보군.

내가 가게문 옆에 앉아 그 얘기를 하는 동안 이모는 가게를 정리했다. 가게의 세 벽은 천장까지 색색의 실이 쌓여 있었고 가운데엔 누울 수도 있는 큰 평상이 있었다. 평상 위에는 작은 탁상이 하나 있었는데, 이모가 쓰는 여러 바늘과 쪽가위가 담긴 큰 접시와 장부가 놓여 있었다. 나는 장부를 들춰보며 말했다.

—이모 여행 가면 내가 실도 주문해야 되는 거 아냐?

—요즘엔 다 인터넷으로 사.

—그럼 여기선 뭘 사는데?

—여기서도 가끔 사긴 하지.

이모는 소형 청소기로 바닥에 떨어진 실을 대충 정리한 뒤 가게문 닫는 법을 알려주었다. 셔터에는 작은 새 모양의 구멍이 일정한 간격으로 나 있었다.

　　—셔터 예쁘다.

　　—한 지 얼마 안 됐어.

　　—누가 실 훔치러 와?

　　—아니. 그래도 해놔야 안심이 돼서.

　　　　　　　　　　　4

　　이모는 각종 양념을 버무린 고등어를 희한하게 생긴 전기 찜기로 쪘다.

　　—또 샀어?

　　—얘, 그거 책자 봐봐라. 할 수 있는 게 어마어마해.

　　나는 옆에 놓인 까만 표지의 설명서를 집어들었다. 과연 설명서에 나온 음식들은 어마어마했지만 실제로는 모두 오븐 같은 게 필요한 요리들이었다. 쭉 훑어보고 나서,

　　—에어 프라이어를 사지.

라고 말하자 이모의 심기가 불편해졌다. 나는 밥을 먹는 동안 고등어찜이 정말 맛있다며, 뜨개방을 접고 백반집을 해도 되겠다고 말했다. 비록 저 찜기로 고등어찜을 하려면 이십오 분이나 걸려서 배고픈 손님들은 모두 화를 내고 나가버릴 것 같았지만.

저녁을 배불리 먹고 나는 거실에 누웠다. 이모가 자꾸 설거지를 하려고 해서 내가 이따 한다고, 놔두라고 했다. 그러자 이모도 내 옆에 누웠다. 리모컨을 계속 돌려봐도 볼만한 티브이 프로그램이 없어서 이모에게 리모컨을 넘겼다. 이모가 선택한 것은 홈 쇼핑 채널이었다. 쇼호스트가 게스트와 함께 얼굴에 파운데이션을 바르고 있었다.

—너 하나 사줄까?

이모가 등을 돌린 채 물었다.

—됐어. 요즘은 화장 안 하는 게 대세야.

—뭐 그런 대세가 다 있냐. 너도 예쁘게 하고 다녀.

—나 안 예뻐?

—……늙었어.

—서른이 넘었으니까 늙지.

—계속 애기 같으면 좋겠어.

나는 이모를 뒤에서 껴안고 등뒤에 머리를 묻었다.

—이모, 나 서울 가지 말고 이모랑 살까?

—징그러운 소리 하지 마. 이제 음악 안 해?

우리는 그뒤로 아무 말도 하지 않아서 쇼호스트가 하는 말만 잠자코 들어야 했다.

눈을 떠보니 이불이 덮여 있었다. 뜨개방 옆의 민속이불집에서 산 게 분명했다. 디자인은 좀 그랬지만 폭신폭신하니 촉감은 좋았다. 일어나서 거실 커튼을 쳤다. 처음 보는 식물들이 베란다에 많았다. 천장까지 자란 나무도 있었다. 이모는 왜 이렇게 뭘 키우는 거지. 내가 어렸을 때는 개도 한 마리 키웠었다. 몰티즈였는데 우리는 초롱이라는 흔한 이름을 붙여주었다. 초롱이는 예민해서 작은 소리에도 잘 짖었다. 그때는 지금처럼 개를 키우는 방법에 대해 쉽게 알 수 있는 때가 아니었다. 우리는 초롱이를 잘 키우진 못했던 것 같다. 초롱이는 자궁축농증을 앓다가 죽었다.

부엌은 깔끔하게 정돈돼 있었다. 식탁 위에 만원짜리 한 장과 함께 메모가 놓여 있었는데, 메모에는 '널 믿은 내가 바보다'라고 적혀 있었다. 나는 그걸 반으로 접어서 만원과 함께 지갑에 넣었다. 대충 세수와 양치를 하고 밖으로 나가니 날이 더웠다. 이 더운 날 만원으로 뭘 하지, 생각하다 일단은 모교 쪽으로 걸었다. 초등학교와 중학교는 붙어 있고 고등학교는 좀 멀리 있어서 초등학교 쪽으로 걷기로 했다.

b에게서 '다음주부터 출근'이라는 메시지가 왔다. 내가 '쏴'라고 답장하자 그는 서울에 언제 오느냐고 다시 메시지를 보내왔다. 문득 화가 나서 '안 가'라고 보내려다가 말았다. 왜 화가 나는

지 모를 일이었다. 씩씩대며 걷다보니 어느새 초등학교 운동장에
도착했다. 나는 운동장을 가로질러 철봉 쪽으로 갔다. 바닥에 휴
대폰과 지갑을 내려놓고 철봉에 매달렸다. 학생 때 체력장을 하면
남자애들은 철봉 종목으로 턱걸이를, 여자애들은 매달리기를 했
다. 그땐 매달리는 게 하나도 힘들지 않아서 학급 신기록을 세울
정도로 대롱대롱 잘 매달려 있었다. 지금은 다른 건 둘째 치고 손
이 미끄러져서 매달리기가 힘들었다. 손에 땀이 많이 나는 것일
까, 악력이 모자란 것일까? 나는 몸을 돌려 철봉에 발을 올리고 거
꾸로 매달려봤다. 거꾸로 매달려 있는 건 쉬웠다. 그렇게 매달린
채 주변을 둘러보니 청년몰이라는 글자가 거꾸로 보였다. 나는 철
봉에서 내려와 휴대폰과 지갑을 챙기고 학교를 빠져나왔다.

청년몰 일층엔 늘봄가죽공방과 102살롱, 핫도그가게가 있었다.
102살롱은 향초를 만드는 가게였다. 안에 들어가보니 생각보다
초의 모양이 다양했다. 특히 기도하는 손 모양의 초가 마음에 들
었다. 한쪽 구석엔 원데이 클래스 일정이 적혀 있었는데 모두 한
낮에 진행되었다. 주인에게 꾸벅 인사를 하고 나왔다. 늘봄가죽공
방도 구경할까 하다가 나는 그냥 핫도그가게로 향했다. 핫도그가
게는 이름이 그냥 핫도그가게였다. 오리지널 이천오백원, 칠리핫
도그 삼천원, 빅핫도그 사천원 등으로 무난한 가격이었다. 사장으
로 보이는 남자는 내 또래 같았다.

―오리지널 하나 주세요.

―한번 더 튀겨드릴게요.

그는 진열돼 있는 핫도그들 중에서 하나를 골라 기름이 든 솥 안에 넣고 집중해 튀겼다. 어찌나 진지한지 미간에 주름까지 잡혔다. 핫도그를 다 튀기고는 내게 물었다.

―설탕에 굴려드릴까요.

―그냥 주세요.

설탕에 굴린다는 말이 웃겨서 나는 좀 웃었다. 그나저나 핫도그를 설탕에 굴려 먹는 사람도 있나. 그는 핫도그에 케첩과 머스터드를 정성스레 뿌린 다음 내게 건네주었다. 핫도그를 들고 가려는데 내 등뒤에서 그가 외쳤다.

―쿠폰 있는데 찍어드릴까요?

나는 괜찮다고 대답하고는 청년몰을 나왔다. 여긴 원래 어떤 건물이었지 생각하면서 핫도그를 한입 먹었다. 평범한 맛이었고, 날이 더워서인지 더 별로였다. 이래서야 팔릴까, 잠시 고민했지만 내 가게도 아니었다. 나는 그냥 다시 하염없이 걸었다. 내친김에 고등학교까지 걸어볼 생각이었다. 걸으면서 내가 처음으로 음반을 샀던 가게를 지났다. 간판은 같았지만 더이상 음반을 파는 것 같지는 않았다. 기타를 배웠던 학원도 사라진 듯했다. 첫 키스를 했던 공원을 지나는데 그때의 순간은 생생히 기억나면서도 대체 상대가 누구였는지 도통 생각이 나지 않았다. b에게 물어봤더니

b는 대낮부터 뭘 그런 걸 묻냐고 했다. 그쯤에서 핫도그 받침 종이를 쓰레기통에 버렸고, 곧 고등학교에 도착했다. 학교엔 새로운 건물이 하나 더 생겨 있었다. 건물 외부에 정말 긴 계단이 있어서 멋지다고 생각했다. 학교 울타리를 따라 한 바퀴 돌아본 뒤에 귀가했다.

6

다음날엔 이모와 같이 뜨개방으로 출근했다. 이모는 내게 코바늘을 쥐여주더니 사슬뜨기를 알려주었다. 이게 제일 기초라고, 내키만큼 떠보라고 했는데 쉽지가 않았다. 아무리 꽉 쥐어도 실은 손에서 자꾸 빠져나갔고, 바늘은 힘을 주어 흔들어 빼도 요지부동이었다. 나는 실과 바늘을 내려놓고 평상에 누웠다. 이모가 수세미를 뜨며 말했다.

—힘을 빼.

—아무리 빼도 안 돼.

—네가 힘을 빼야 실도 힘을 빼지.

—그게 내 맘대로 안 된다니까.

—실이 네 손에서 빠져나가도 괜찮다는 생각으로 쥐어. 그럼 실에 자연스레 공간이 생겨나. 그 사이로 바늘을 통과시키면 돼.

―……

―꼭 쥐면 오히려 놓치는 거야. 대충 해.

이모는 말하는 동안에도 계속해서 바늘과 실을 움직였고 금방 딸기 모양의 수세미 하나가 완성되었다. 이모는 딸기 모양의 수세미를 몇 개 더 만든 뒤에 오렌지 모양과 수박 모양의 수세미도 만들었다. 엄청난 속도였다.

―수세미는 앞에 내놓고 천오백원씩 받아서 팔면 돼.

―파는 거였어?

―그럼 뭐하러 만드니.

그러게, 뭐하러 만들까. 모든 게 팔리려고 만들어지는데, 안 팔리는 건 문제가 있는 것 아닐까. 이왕 이런 시대에 태어난 거, 잘 팔리는 걸 만드는 능력이 있으면 좋을 텐데. 능력의 문제가 아닌 것 같기도 했다. 뭐랄까, 안목이랄까 선택이랄까, 애초에 그런 게 잘못된 느낌이었다. 매번 실패하는 투자자처럼 시장성 없는 것에만 자신을 투신하는 안목. 실패하리라는 걸 알면서도 다른 선택지를 고를 수 있는 상황에서 같은 선택을 한번 더 하는 사람.

―잘 팔려?

―생각보다 팔려.

이모는 나 같은 사람은 아닌 모양이었다. 마침 손님이 들어와서 나는 뜨개질을 더 해보려고 노력하는 대신 가게에서 나왔다. 시장이 끝나는 길에서 한 블록을 더 가니 어제 간 청년몰이 나왔다. 거기까지 가자 왠지 미간을 찌푸리며 골몰해 핫도그를 튀기는 핫도그가게의 사장이 보고 싶었다. 이래서야 팔릴까 싶은, 딱 예상한 맛의 핫도그. 그 핫도그도 한번 더 먹고 싶었다.

핫도그를 사오자 이모는 애처럼 이런 걸 먹느냐고 하면서도 자기 몫의 핫도그를 잘 먹었다. 오늘은 칠리핫도그를 사보았는데 오리지널보다는 좀 나았다. 약간의 개성이 느껴진달까.
—이모, 맛있어?
—그냥 사왔으니까 먹는 거지. 이런 거 안 좋아해.
—이거 팔릴까?
—이런 건 위치가 중요하지 않나.
—청년몰에서 사왔어.
—거기 위치 별로야.
—초등학교 앞인데도?
—이거 얼만데?
—삼천원.
—애들이 삼천원짜리를 어떻게 사 먹어. 요 앞의 도넛이 천원에 열 개야.
—그럼 망하겠네.
—곧 망하겠지.
핫도그 받침 종이를 쓰레기통에 버렸다. 그뒤로도 사슬뜨기에 도전했지만 결국 포기하고 말았다.

7

　b가 유튜브에 출연하게 되었다고 메시지를 보내왔다. 회사에
서 유튜브 콘텐츠를 만드는데 사내 직원들이 돌아가며 한 번씩 출
연한다는 것이었다. 네 앨범 홍보해줄까, 하고 묻는 b의 메시지에
오 년도 더 된 걸 이제 와서 하면 뭐해, 라고 답하자 b가 전화를
걸었다.
　―근무시간 아냐?
　―담배 피우러 옥상 왔어. 뭐해?
　―그냥…… 이모네 가게.
　―어디 말고, 뭐하냐구.
　―핫도그 먹고 뜨개질 배워.
　―가게 이어받는 거야?
　―뭔 소리.
　―서울에 너 없으니까 술 마실 사람이 없어.
　―질척대지 마.
　―아직 오려면 한 달도 더 남았지?
　―영원히 안 갈 수도 있어.

—픽이나. 다음 주말에 놀러갈까?

—오지 마.

전화를 끊자 이모가 누구냐고 물었다. b라고 대답하니 반가워했다. 이모는 b 얘기만 나오면 b와 사귀냐는 둥 결혼하라는 둥 난리였다. 그럴 일은 없다고 아무리 말해도 이모는 자신이 손주를 봐주겠다며 한참이나 앞선 얘기를 했다. 순간 b를 닮은 아이를 낳는 상상을 했는데 징그러워 죽을 뻔했다.

가게 밖에서 누가 수세미를 집어들고 얼마냐고 물었다. 나가봤더니 핫도그가게 사장이 딸기 모양 수세미를 들고 서 있었다.

—천오백원이요.

그는 지갑에서 현금을 꺼내 건네다가 내 얼굴을 보고 멈칫했다.

—어…… 쿠폰……

그는 내게 가게 주인이냐고 물었고 나는 이모네 가게라고 대답했다. 그가 수세미를 들고 한참을 서 있길래 들어오겠냐고 묻고 말았는데, 거절할 줄 알았던 그가 성큼 들어왔다. 이모는,

—아는 사람이야?

라고 물었고,

—핫도그가게……

라는 내 말이 끝나기도 전에 아유, 핫도그가 정말 맛있더라며 입 발린 소리를 했다. 그는 천천히 내부를 돌아보았다. 그러더니 대뜸 수세미를 만드는 데 시간이 얼마나 걸리느냐고 물었다. 이모가

기초만 배우면 금방 한다고 대답하자 이번에는 강습료를 물었다.

　—강습료는 없고 실 사면 그냥 알려줘요.

　그 말에 그는 망설임 없이 보라색 실을 하나 사서 자리를 잡고 앉았다. 역시나 그도 사슬뜨기부터 시작했다. 그가 그러고 앉아 있으니 나도 왠지 같이 뜨개질을 해야 할 것 같아서 옆에 앉았다. 그는 몇 번 헤매더니 곧잘 했다. 이모는 그에게 본인 키만큼 사슬을 뜨라고 말했다가, 그건 너무 길다고 나를 가리키며 얘 키만큼만 뜨라고 했다. 그는 곧 내 키만큼 사슬뜨기를 해서 이모에게 보여주었다. 그러는 새에 나도 손에 힘을 푸는 법을 알게 되었고, 신기하게도 바늘이 실을 잘 빠져나왔다. 빡빡하지 않게 뜨는 게 요령이구나, 나는 혼자 고개를 끄덕끄덕하다가 결국 이게 이모가 한 말과 다름이 없다는 걸 알고는 좀 웃었다.

　—잘 웃으시네요.

　그가 말했고, 뭔가 들킨 기분이어서 나는 고개를 숙였다.

8

　그뒤로도 그는 이모의 가게에 찾아왔다. 나도 하루에 한 번은 핫도그를 사 먹으러 갔다. 그는 나보다 세 살이 많았고, 서울에서 직장생활을 하다가 핫도그가게를 차리려고 고향인 이곳으로 돌아왔다고 했다. 돌아왔다는 얘기를 할 때 그는 힘을 주어 말했다. 알고 보니 우리는 같은 동네에 살았고 같은 중학교를 나왔는데, 학년이 겹칠 일이 없는데다 다른 학년에 아는 사람도 없어서 그 이상의 연결고리를 찾을 수 없었다. 그는 핫도그를 만드는 것보다 뜨개질에 재능이 있는 게 아닌가 싶을 정도로 금세 배워, 며칠 만에 수세미는 만들 수 있는 정도가 되었다.

하루는 그의 가게에 놓인 간이의자에 앉아 핫도그를 먹으며 물었다.

—무섭지 않았어요? 돌아올 때.

나도 왠지 힘을 주어 말하게 되었다.

—돌아올 때 무서웠다기보다는……

그는 말을 골랐다.

—돌아오지 못할까봐 그게 내내 무서웠던 것 같아요.

나는 핫도그를 우물거리며 그 말을 곱씹었다. 한낮의 청년몰은 한산했다.

9

옷장을 정리하다 이모가 어릴 때 떠주었던 초록색 스웨터를 발견했다. 이모는 스웨터를 언제나 세―타라고 발음하곤 했다. 퇴근

한 이모에게 그걸 보여주자 이모가 세─타를 새로 하나 떠주겠다며 등을 돌리고 앉으라고 했다. 이모는 줄자를 내 등에 대고 어깨와 허리, 팔 치수를 쟀다. 줄자가 목에 닿자 간지러워서 나는 어깨를 한껏 올렸다. 이모는 상관하지 않고 메모지에 숫자를 막힘없이 적고는 방에서 초록색 실을 꺼내와 뜨개질을 시작했다. 대바늘이 움직이는 소리에 집중하자니 어쩐지 눈을 밟을 때의 소리와 비슷하게 들렸다.

―이모, 이렇게 더운데 스웨터?

―생각났을 때 떠줘야지. 그동안 치수도 몰랐고.

나는 옷장을 마저 정리했다. 스무 살쯤에 입었던 옷들은 유행에 뒤처진 듯 보이면서도 유행 한가운데에 있었다. 특히 게스 부츠컷을 버릴 땐 솔직히 좀 아까웠다. 부츠컷의 유행이 다시 돌아왔기 때문이다. 절대 돌아올 것 같지 않은 것들이 돌아왔다. 허리 중간까지 오는 볼레로는 다행히 유행이 돌아오지 않아서 신나게 버릴 수 있었다. 남길 옷과 버릴 옷을 한참 분류하고 있는데 핫도그 가게 사장에게서 메시지가 왔다.

'가게 닫았나요.'

'네. 거긴 아직 안 닫았나요.'

'네. 핫도그 드시러 오세요.'

그는 공짜예요, 라는 메시지를 하나 더 보내왔고 나는 이모에게 잠시 나갔다 온다고 말했다.

저녁인데도 더웠다. 오늘은 시장을 통과해서 걸었다. 밤의 시장
이 제일 좋았다. 반짝반짝 빛나는 불빛 아래에서는 다 맛있어 보
였고, 다 필요가 있는 물건처럼 보였다. 그다음으로 좋은 건 새벽
의 시장. 조용한 가운데 셔터를 올리거나 천막을 여는 모습을 보
는 게 좋았다.

핫도그가게를 제외하고 일층 상점은 모두 문을 닫은 상태였다.
나는 냉장고를 정리하고 있는 그의 등을 향해 말했다.

—저 왔어요.

—어, 재료 정리했는데.

—뭐예요, 오라고 해놓고.

—어……

그는 잠시 어정쩡하게 서 있더니 냉장고에 재료를 마저 넣고 말
했다.

—그럼 같이 저녁 먹을까요.

10

우리는 소머리국밥을 먹었다. 그가 덥지 않겠냐고 물어서 나는
먹고 가게 밖으로 나오면 정말 시원할 거라고 말했다. 밥을 먹으

면서야 우리는 서로의 이름을 알게 됐다. 그러고 보니 같은 동네 출신이라고 통성명도 하기 전에 어떤 학교를 다녔는지부터 묻다니, 게다가 소머리국밥이라니, 참 한국인 같다고 내가 말하자 그가 소리 내지 않고 웃었다.

　—잘 웃으시네요.

내가 말하자 그가 고개를 숙이고 소리 내어 웃었다. 땀을 삘삘 흘리며 국밥을 다 먹고 나오니 예상대로 시원했다. 그에게 시원하지 않으냐고 묻자 그는 대답 대신 미니 선풍기를 꺼냈다.

그의 집은 이모의 집과 멀지 않았다. 우리는 시장을 따라 같이 걷기로 했다. 시장 중간에 웬 철학관 간판이 세워져 있어 유심히 봤다. 간판에는 '현진철학관 (구)현모철학관 작명 궁합 운세'라고 적혀 있었다. 그걸 보며 내가 말했다.

　—철학관 주인이 자기 운세를 보고 철학관 이름을 바꾼 걸까요.

　—그렇겠죠? 제 이름도 철학관에서 지었어요.

　—저도요. 저는 이름이 세 개였어요.

　—네?

　—원래 호적에 오른 이름은 미화였고, 집에서 부르던 이름은 미정이었고, 철학관에서 지은 이름이 미주예요.

　—와, 미화였던 미주씨는 상상이 안 가네요. 그런데 이름에 다 미 자가 들어가네요.

　—예쁘라고. 태어났을 때 못생겨서.

그는 아무런 대꾸도 안 했다. 보통은 지금은 예쁜데요, 라든가 어릴 때 못생기면 커서 어쩌고 같은 이야기를 하기 마련인데. 그는 생각에 잠긴 채로 걷다가 문득 생각난 듯 말했다.

—이모님께서 미주씨 음악한다던데.

이걸 설명하는 게 제일 싫었다.

—그냥 밴드 했는데, 망했어요.

—찾아서 들어봐도 돼요?

—뭘 허락을 받아요.

—그래도 몰래 듣고 혼자 알면 실례일 것 같아서.

—잘 안 나와요. 제목으로 검색해야 돼요.

나는 제목 몇 개를 알려주었다.

—미주씨가 노래도 해요?

—네.

—다다음주부터 주말마다 야시장 축제가 열리거든요. 그때 노래 대회도 한대요. 나가봐요, 미주씨.

그가 실실 웃으며 말해서 진심이 아니라는 걸 알 수 있었다.

—그럴까요. 상금 있어요?

—야시장 쿠폰 준대요.

—그거 받으면 제가 쏠게요.

시답잖은 농담을 주고받으며 걷자 갈림길이 나왔다. 그는 쌀집이 있는 골목으로, 나는 호프집이 있는 골목으로 손을 흔들며 헤어졌다. 집에 도착하자 그에게서 메시지가 와 있었다.

'미주씨. 고춧가루.'

화장실로 달려가서 거울을 보니 과연 앞니에 커다란 고춧가루
가 끼어 있었다.

11

b의 취업과 친구의 생일을 겸해 축하 파티를 한다고 했다. 나는
둘에게 줄 선물로 102살롱에서 기도하는 손 모양의 향초와 늘봄
가죽공방에서 갈색 카드지갑을 각각 두 개씩 샀다.

　─핫도그는 선물을 못하네요.

라고 말하며 그에게 짧게 서울에 다녀온다고 하자 그는 내게 핫도
그를 주며

　─선물.

이라고 말했다.

12

친구들이 좀 늦어서 b와 내가 먼저 만났다. b의 단정한 차림이

낯설었다. 디자이너에게도 복장 규제가 있느냐고 물었더니 아직 적응하느라 그냥 눈치껏 입고 다닌다고 했다. 한여름에 긴 면바지와 셔츠를 입은 것을 놀리며 호시절은 다 갔다고 말하자 b가 나를 가만히 보고는 말했다.

—좀 쪘어?

—응.

—보기 좋네.

—매일 핫도그를 먹었더니.

—핫도그는 왜?

나는 핫도그가게의 사장과 알고 지내게 된 일들을 이야기했다. b는,

—그새 누구랑 친해졌냐. 너도 너다.

라고 말하고는 그뒤로 내게 말을 걸지 않았다.

친구들을 만나면 여전히 변하지 않은 것들과 너무 많이 변한 것들을 동시에 알 수 있었다. 예를 들면 b는 여전히 큰 소리로 맥주를 주문하는 일을 잘하지 못했고, 나는 마른 한치를 주문했으며, 생일인 친구는 청첩장을 들고 등장했다. 친구는 술 대신 콜라를 시켰고, 우리는 초를 세 번이나 꽂아서 축하를 해주었다. 한 번은 b의 취업 축하였고, 다른 한 번은 친구의 생일, 그리고 마지막은 친구의 결혼과 임신이었다.

서로의 근황에 대해 이야기하다보니 내 차례가 다가왔다. 요즘

고향에 내려가 있다고만 말했을 뿐인데, 다들 걱정하는 눈치였다. 나는 오늘도 얻어먹는 건가, 하고 생각했다. 선물 증정식을 한 뒤 얼마 떠들지 않은 것 같았는데 벌써 버스를 타러 가야 할 시간이 되었다. 곧 일어나야 한다고 말하자 생일인 친구도 임신 초기라 피곤하다며 같이 일어나겠다고 했다. 그러다 모두 집에 가는 분위기가 되어 자리를 파하게 되었다.

b의 자취방과 버스 터미널이 가까워서 나는 그와 중간 지점까지 지하철을 같이 타게 되었다. b는 계속 말이 없었고, 나는 몇 번 말을 붙이려다가 말았다. 우리는 손잡이를 잡은 채 나란히 서서 모르는 사람처럼 아무런 말도 하지 않았다. 지하철 창문에 비친 그를 슬쩍 쳐다봤는데 터널을 통과하고 있어서 정확한 표정을 알 수가 없었다. 우리 앞에 앉은 사람이 일어나자 그는 나더러 앉으라고 했다. 그리고 그는 내리기 전에 내 쪽으로 몸을 숙이고,

—너 정말 첫 키스 한 사람이 누군지 기억 안 나?

라고 말했다.

설마 b였나?

물어볼 수도 없고 해서 휴대폰만 만지작거리는데, 핫도그가게 사장에게서 메시지가 왔다.

'미주씨 음악 들었어요.'

그러면 안 되는데 묻고 말았다.

'어땠어요?'

'야시장 노래 대회 나가면 안 될 것 같아요.'

그는 정말이지 솔직한 사람이었다.

13

b가 SNS에 내가 선물한 향초와 카드지갑을 찍어 올렸다. 나는 '좋아요'를 눌렀다.

14

곧 이모의 출국일이었다. 막상 날짜가 다가오니 이모 혼자 잘 다녀올 수 있을지 걱정이 됐다. 이모는 굳이 시장에서 복대를 사왔다.

—요즘은 그런 거 필요 없다니까.

그러면서 나는 유럽의 강도에 대해 말해주었다. 유럽에서 강도를 만나 골목으로 끌려가서, 노 머니, 노 머니, 라고 말했더니 강도가 뒷주머니에서 꼬깃꼬깃한 종이를 꺼냈는데 거기에 '복대 내놔'라고 쓰여 있었다는 얘기였다. 이모는 웃긴지 한참을 복대 내놔, 복대 내놔, 하면서 웃었다. 얘기를 해놓고 나는 이모가 불안해할

까봐 인터넷에서 본 글이라고 얼른 말해주었다. 실제로 어디서 들었는지 모를 이야기니까 인터넷이 출처일 확률이 높았다.

이모가 방에서 초록색 스웨터를 꺼내왔다.

―벌써 다 떴어?

―금방 뜨지.

스웨터는 넉넉하게 맞았다.

―루지 핏이 유행이래서 그렇게 했어.

―루즈 핏?

―그래, 루지 핏.

정말 이모 혼자서 유럽 여행을 갈 수 있을까. 더워서 팬티만 입은 채로 스웨터를 걸치고 거울을 보는데 이모가 초록색 니트 가방을 주었다.

―이것도 뜬 거야?

―너 어릴 때 입던 스웨터, 그걸로 뜬 거야.

―그걸로 어떻게 떠?

―어떻게 뜨긴. 실 풀어서 새로 떴지.

―그게 돼?

―뜨개질은 다 돼. 풀면 새로 만들 수 있어.

그런 게 가능하다니 뜨개질은 대단하구나. 몇 번이고 다른 모양이 될 수 있다는 것이. 그런 생각을 하며 초록색 가방을 메자 정말 차림새가 웃겼다. 팬티 바람에 초록색 스웨터와 초록색 가방이라니, 무슨 피터 팬도 아니고. 나를 보며 이모가 밤에 뭐 그렇게 실없이 웃느냐고 말하고 방으로 들어갔다. 자기는 복대 내놔, 하면서 웃더니.

이모의 방에서 영어 회화 소리가 흘러나왔다. 요즘 부쩍 방에서 뭘 한다 했더니 저거였었나보다. 더듬더듬 영어 회화를 따라 하는 이모의 목소리도 들렸다. 위치 웨이 이즈…… 그걸 듣다가 나는 핫도그가게 사장에게 메시지를 보냈다. '역시 야시장 노래 대회에 나가볼까 해요.' 사장은 '그것만은……'이라고 답장을 했고, 나는 스웨터에 팬티 차림으로 깔깔 웃었다. 이모는 곧 먼 곳으로 떠날 예정이었고, 나는 이미 떠나온 기분이었다. 나쁘지는 않은 기분이네, 생각했다.

손바닥으로

검지를

감싸는

오랜만에 만난 외삼촌은 스님이 될 거라고 했다. 외삼촌이 이혼한 지 올해로 딱 십오 년째였다. 나와 동생은 그냥 고개를 주억거리며 그가 따라주는 술을 받아들 뿐이었다. 술을 마시다보니 음악이 부족한 것 같았다. 마침 동생도 어딘가 허전했는지 음악을 틀었다. 장필순의 〈어느새〉였다. 동생은 최근 옛 노래에 빠져 있다. 우리는 나이 차이가 많이 나는데, 요즘은 티브이에 옛날 가수들이 자주 나와서 공통된 주제로 할 얘기가 많았다. 티브이에 이렇게 옛날 가수들이 많이 출연하기 전, 동생은 한 프로그램에 나온 H.O.T.의 멤버를 보고 물었다.

　—언니, 저 핫……이 유명한 가수였어?

나는 그들을 좋아한 적은 없었지만 유명했다고 말해주었다. 생각해보니 내 친구들은 다 H.O.T.를 좋아했다. 친구들은 종종 방송국 앞에서 밤을 새웠고, 그다음날에는 학교에서 부모 욕을 해 댔다. 그 시절로부터 오랜 시간이 흘렀다는 생각은 들지 않았지만 새삼 동생과 나의 나이 차이를 헤아려보게는 되었다. 나는 나의 나이와 미래에 대한 생각을 조금 해볼까 했지만 술을 마셔서인지 쉽지 않았다. 외삼촌이 갑자기 불경을 틀어줄 수 있느냐고 물었다. 동생은 싫어하는 눈치였지만 유튜브에 반야심경을 검색해서 틀었다. 그러고는 내게 말했다.

─언니, 여기 현대 버전으로 해석된 반야심경이 있어.

우리는 누군가가 블로그에 올려둔 반야심경의 현대 버전을 읽었다. '마음이 편안해지는 존나 쩌는 방법을 알고 싶어?' 그게 첫 문장이었다. 휴대폰이 작아서 우리는 머리를 맞댈 수밖에 없었다. 과연 반야심경의 뜻은 훌륭했고 나는 조금 울었다. 왜 눈물이 나는지 모르겠지만 사실 나에게는 불경을 읽거나 절에 가면 눈물을 흘리는 반사작용 비슷한 게 있었다. 외삼촌은 우는 나를 보며 웃었다.

─너, 전생에 쌓은 업이 엄청나게 많구나?

확실히 그럴지도 몰랐다. 하지만 나는 외삼촌에게 소리를 질렀다.

─그걸 어떻게 알아! 아직 스님도 아니면서!

그러고 속으로 한마디를 더 덧붙였다. 스님이 되어서도 영원히 모를걸? 외삼촌은 땡중이 될 테니까.

한참 술을 마시다보니 어둠 속에서 마당을 배회하는 이모부가 보였다. 이모부는 알코올중독 치료를 받은 적이 있었다. 세 번 정도 입원했는데, 마지막으로 간 재활 센터에서 완전히 치료됐다. 중독을 완전히 치료할 수 있나? 그는 그렇다고 말했다. 치료가 되었다, 하나님을 만나서 완전히 치료가 되었다, 라고. 재활 센터에서의 일을 말해주기도 했다. 매일 오전에 일어나서 밭을 일군다. 밭을 일구면 밥맛이 좋아. 점심을 아주 맛있게 먹을 수 있지. 그리고 저녁까지 또 밭일을 한다. 농사가 얼마나 할 게 많은지 아냐. 그러다보면 술 생각은 나지도 않아. 말은 그렇게 했지만 그는 가족들이 모여서 술을 마실 때면 종종 마당을 배회했다. 자신 몫의 음료수를 사두지 않으면 삐졌다. 그는 건배하는 것만큼은 아직 끊지 못했다. 그의 다리는 사슴처럼 가늘었다. 내 팔뚝보다도 가늘어 보였다. 때문에 걷는 그의 모습은 불안해 보였다. 하지만 그는 이제 더이상 불안하지 않다고 했다. 그의 큰형과 작은형 모두 술로 인해 죽었다. 그의 아버지는 술을 마시다 넘어져서 죽었다. 불안이 유전인 것일까, 알코올에 대한 사랑이 유전인 것일까. 유전에 대해 생각하다가 외삼촌을 바라보니 기분이 좋지 않았다. 내가 외탁을 한 편이라서 더 그랬다. 외삼촌은 반야심경을 다시 틀어달라고 했다. 동생은 또 들어? 라고 말하면서도 반복 재생을 걸어두었다. 반야심경이 다시 시작되었고, 이층에서 아빠가 내려오는 소리가 들렸다.

엄마가 죽고 나서 아빠는 이 집에 혼자 살았다. 여기는 엄마가 이모들과 함께 노후를 보내겠다며 사놓은 집으로, 앞집엔 막내 이모가 옆집엔 둘째 이모가 살고 있다. 첫째 이모는 외삼촌과 싸우고 외가와 절연했다. 사실 나는 첫째 이모를 좋아한다. 내가 다섯 살이 되던 해, 아빠는 돈을 벌기 위해 외국으로 떠났고 엄마는 미용실을 시작했다. 엄마가 미용실 운영에 바빠서 나는 거의 첫째 이모네서 컸다. 이모의 딸은 나보다 세 살이 어린데, 이모는 자신의 딸과 나를 자매처럼 키웠다. 사촌동생과 나도 자매처럼 지냈다. 우리는 경쟁하고 싸우고 사랑했다. 하지만 우리가 자매처럼 지낸 것과 달리, 이모에게 나는 남의 자식이라서 이모는 좀처럼 나를 혼내지 않았다. 그것이 나를 연약하게 자라게 한 원인이 아닐까 하는 생각을 종종 하기도 한다. 나는 너무 잘 운다. 작은 비난도 참을 수가 없다. 반면 사촌동생은 항상 혼나는 쪽이었다. 사촌동생은 나에게 부모의 사랑을 나누어주고도 나와 물건을 공유하지 않는다는 이유로 자주 혼나야 했다. 벌은 방에서 무릎을 꿇고 양손을 들고 있는 것이었다. 나는 사촌동생이 벌을 받을 때면 몰래 방에 들어가 그녀를 안아주었다. 사촌동생은 그런 나를 꼬집었다. 그러면 나는 방바닥을 구르며 크게 울었고, 이모가 달려나왔고, 사촌동생은 결국 맞았다. 많이도 맞았다. 사촌동생은 잘 컸다. 명문대와 대학원을 나와서 지금은 결혼하고 애도 있다. 나는 아직 사촌동생의 아이를 한 번도 보지 못했다. 하지만 사랑한다.

사랑할 것이라는 확신이 있다. 나는 종종 아무것도 모르면서 사랑을 하곤 한다. 어쨌든······

*

외삼촌이 비틀비틀 방으로 가더니 작은 상자를 들고 나와 동생에게 건넸다. 상자에는 은색의 카메라가 프린트되어 있었다. 외삼촌은,

—이거 그 당시에 비싸게 주고 산 거야. 내가 정말 월급을 탈탈 털어서 샀다. 가족사진 찍으려고 샀는데, 한 번 쓰고 이혼했다.

라며 생색 아닌 생색을 냈다. 카메라는 십오 년 전 모델로 브랜드는 삼성이었다. 동생은 카메라를 받아들고 고맙다고 했지만 고마워하지 않는 게 느껴졌다. 그도 그럴 것이 동생은 사진을 전공했고, 따라서 이미 카메라가 많았고, 십오 년 전 카메라 같은 건 전혀 쓸모없을 게 분명했기 때문이다. 동생의 첫번째 카메라는 훔친 거였다. 동생은 그 사실을 내 친구들과의 술자리에서 진실게임을 하다가 고백했다. 나는 동생의 그 비싼 카메라를 엄마가 사줬을 것이라고 생각했기 때문에 조금 놀랐다. 놀라면서도 역시 내가 엄마에 대해 잘못 알고 있는 것이 아니라는 생각을 했다. 엄마는 우리에게 돈을 쓰는 사람이 아니었다.

*

엄마는 이 집에서 하루도 살아보지 못하고 죽었다. 따지고 보면 아빠와 같이 산 기간도 몇 년 되지 않았다. 아빠가 외국으로 떠난 뒤로 육 개월 또는 일 년에 한 번 만나는 생활. 그것을 결혼생활이라고 할 수 있나. 아빠가 꼬박꼬박 월급을 보내오지 않았다면 결혼생활은 유지되지 않았을 것이다. 그리고…… 십 년 터울의 동생이 태어났고…… 항상 나를 데리고 다녔던 부모가 언제 애를 가질 시간이 있었을까? 나는 동생의 생일로 그 시기를 가늠해보곤 했는데 가장 유력한 것은 엄마와 내가 아빠를 만나러 갔을 때였다. 엄마와 나는 그때 난생처음 비행기를 탔다. 엄마는 영어를 한 마디도 못했고, 여권 발급 신청도 늦게 했다. 우리는 시청 민원여권과에 가서 사정을 설명하고 거의 빌다시피 해서 여권을 받았다. 열 살의 나는 그런 엄마를 따라 외국에 나가야 하는 상황이 불안했다. 하지만 못난 부모라도 믿을 수밖에 없는 것이 미성년의 숙명이다.

어쨌든 엄마와 나는 결국 아빠를 만나러 갈 수 있었다. 우리는 오래전 화재로 건물 정면만 남은 성당을 구경하고 굴국수를 먹었다. 그리고 호텔로 돌아와 낮잠을 자고 나서 수영장에 갔다. 실내 수영장이었지만 선베드가 곳곳에 놓여 있었다. 엄마와 아빠는 옷을 갈아입지 않고 그곳에 앉아 내가 노는 모습을 지켜보았다. 나는 잠수하는 것을 보여주었다. 할 수 있는 한 숨을 오래 참고 물속에서 나왔을 때 선베드에는 아무도 없었다. 실내수영장에는 나밖에 없어서 고요했고, 내 작은 발차기에도 소리가 사방의 벽에 부딪치며 울렸다. 나는 수영장 핸드레일을 잡고 반만 물에 잠긴 채 문을 바라보았다. 아무도 오지 않았다. 아무리 기다려도 문은 열리지 않았다. 나는 다시 물속 깊이 들어가 잠수했다. 오래도록 잠수했다고 생각한다. H.O.T.가 데뷔하고부터 지금까지의 시간보다 그 시간이 더 길었다고 느껴진다. 시간의 흐름에 대한 기억은 이토록 이상하다. 그때가 처음으로 완전한 고독을 느낀 순간이었다. 열 살짜리가 고독이라는 단어를 생각하는 것이 흔한 일인가. 그날 밤부터 나는 열에 시달렸고 부모님은 여행 내내 방에 있어야 했다. 그리고 한국에 돌아오고 얼마 지나 엄마는 입덧을 시작했다. 방안에서 헛구역질을 하는 엄마를 두고 나는 거실에서 티브이를 보았다. 왜 그날 본 티브이의 내용은 기억이 나지 않는 걸까? 그때의 기분만은 이렇게 생생한데.

동생이 태어나고는 고요를 느낄 일이 거의 없었다. 집안에 아이가 있다는 건 귓가에서 소리가 떠나지 않는다는 것이다. 나는 동생이 처음으로 말을 하고 처음으로 단어를 배우는 순간을 지켜보았다. 동생은 기저귀를 차고 브로콜리를 부오꼬리라고 발음했다. 술에 취하면 나는 동생에게 그 얘기를 자주 했다. 동생은 지겨우니까 그만하라고 했다. 나는 누군가가 커가는 걸 지켜본다는 게 얼마나 큰 권력인지 아느냐고 했다. 동생은 그게 바로 꼰대라고 했다. 우리는 자매지만, 사촌동생과 내가 그랬듯 경쟁하고 싸우고 사랑하며 지내지는 않았다. 주로 나는 동생에게 엄한 어른이었고 동생은 나에게 훤히 보이는 거짓말을 해대는 아이였다. 그러나 동생이 스무 살이 되고 우리가 맞담배를 피우게 되면서 그런 권력관계는 사라졌다. 그리고 우리는 함께 엄마를 미워했다. 그건 우리에게 큰 동지애를 불러일으켰다. 동생은 가끔 이것을 피해자 연대라고 부르기도 한다……

그래도 동생은 엄마에게 머리카락을 잘리지는 않았다. 동생이 초등학교에 입학할 무렵 엄마가 더이상 미용실을 운영하지 않았기 때문이다. 대신에 엄마는 작은 호프집을 시작했다. 호프집의 이름은 '자양군 호오프 소오주'였다. 가게를 여는 시간이 주로 나의 하교시간과 겹쳤기 때문에 학교가 끝나면 나는 호프집으로 갔다. 그때마다 엄마는 환풍기 앞에서 담배를 피우고 있었고 다 피우고 나면 내 손을 잡고 울었다. 내가 너한테 못난 모습만 보이는구나. 그러면 나는 담배는 기호일 뿐이라고, 엄마는 성인이니 여러 선택지가 있다고 대답했다. 문제는 내가 담배를 피우는 걸 들켰을 때였다. 엄마에게 담배란 기호가 아니었고, 나는 성인이 아니었다. 엄마가 미용실을 운영하지 않아서 머리를 잘리지는 않았지만 대신 머리채를 잡혔고 오백 시시 맥주잔으로 온몸을 두드려 맞았다. 나는 다음날 담임에게 몸에 난 멍을 보여주며 가정폭력이 있었다고 말했다. 담임은 아버지가 아니라 어머니가 때렸다는 사실에 갑자기 심드렁해졌다. 나는 집으로 돌아와 담배를 피우며 동생이 크기만을 기다렸다. 연대할 사람이 필요했다.

*

아침에 눈을 떴을 때 숙취가 밀려왔다. 하지만 외삼촌과 동생을 데리고 경주에 가야 했다. 원래는 동생과 둘이 가기로 했었는데 어젯밤에 외삼촌이,

—조카들, 나를 데려가면 백만원을 주마.

라고 했고, 우리는 서로가 나눠 가질 오십만원을 생각하며 흔쾌히 동의했다. 외삼촌에게 한번 더 말하라고 한 다음에 녹음도 해두었다. 아빠는 집에 남겠다고 했다. 경주는 엄마와 아빠의 신혼여행지이기도 했다. 나는 그 사실을 어제야 알았다. 당시로서는 신혼여행지로 흔했나 싶기도 했지만 물으면 말이 길어질 것 같아 관뒀다. 그보다는 운전대를 잡아야 하는 사람이 나라는 사실에 절망했다. 외삼촌은 음주운전으로 면허가 취소되었고 동생은 아예 면허가 없었다. 나는 찬물을 들이켜며,

—지금 불면 바로 음주라고 나올 것 같아. 나까지 취소되라고?

말했지만 아무도 듣지 않았다. 아빠는 아침식사 준비에, 동생은 화장에, 외삼촌은 티브이를 보는 데 여념이 없었다. 어느새 이모

부도 와서 식탁 근처를 어슬렁거리고 있었다. 이모부가 식탁을 가리키며 말했다.

—과수원에서 떨어진 사과들 좀 주워왔다. 먹어라.

—이모는요?

—이모는 일하러 갔지.

이모들은 항상 일을 했다. 엄마도 쉬지 않고 일을 했다. 그에 반해 이모부는 대부분의 시간을 술을 마시고 술을 끊으면서 보냈다. 그리고 아빠는 무슨 일을 하며 살았는지 알 수가 없다. 나는 사과를 한입 베어 물었다. 사과는 푸석했다. 이불솜을 베어먹는 맛이었다. 이불솜을 먹어봤냐고 묻는다면 할말이 없다. 하지만 사람들은 대개 맛을 설명할 때 먹어보지 않은 음식을 비유로 쓴다. 이를테면 오줌맛, 똥맛같이……

아빠가 차린 아침식사는 그럭저럭 괜찮았다. 아빠는 일찍 일어나 먼저 밥을 먹었다고 했다. 밥도 안 먹으면서 맞은편에 앉아 우리가 먹는 걸 바라봤다. 외할머니가 담근 된장으로 끓인 찌개라고 했다. 외할머니가 담근 된장은 언제나 짜고 맛있었다. 다른 반찬은 외할머니가 담근 김치, 외할머니가 절인 깻잎장아찌였다. 외할머니 없이는 태어날 수 없었던 존재들이 외할머니의 반찬을 먹고 있었다. 그럭저럭 괜찮은 맛에 비해 끔찍한 생각만 드는 식사였다.

출발하며 편의점에 들러 여명808을 하나 샀는데, 차로 돌아오자 외삼촌과 동생이 나도, 라고 말해서 다시 편의점에 갔다 와야 했다. 여명808은 생각보다 비쌌다…… 경주로 가는 동안 외삼촌은 자해 흉터를 지우는 레이저에 대해 이야기했다. 스님이 되려면 자해 흔적이 없어야 된다고도 덧붙였다. 외삼촌의 팔에는 담배빵과 칼빵이 있었다. 있는 거야 있는 거고, 나는 뭔가 부당하다고 생각했다.

　─삶에 절망을 느꼈던 사람은 스님이 될 수 없다는 거야?

　외삼촌은 그렇지 않다고 말했지만 묘하게 자신은 없어 보였다. 나는 외삼촌을 더 괴롭히고 싶었다.

　─절망했던 사람을 받아주지도 않는 종교에 귀의하고 싶어?

　외삼촌은 나보고 못돼 처먹은 년이라고 했다. 나는 운전까지 해주면서 욕이나 먹어야 하는 게 억울했고, 나 대신 무슨 말이라도 해주길 바라며 룸 미러로 뒷좌석에 앉은 동생을 힐끗 보았다. 동생은 귀에 이어폰을 끼고 있었다. 엄마가 죽고 우리의 연대는 확실히 약해지고 있었다. 동생이 이어폰을 낀 채로 말했다.

　─숙소 예약하려는데, 일인당 삼만원씩 추가로 내면 하늘정원이라는 공간에서 바비큐를 먹을 수 있대.

　동생이 사진을 보여주자 외삼촌은 자기가 그 비용을 내겠다고 했다. 바비큐를 먹어야 하기 때문에 우리는 점심을 건너뛰기로 했다. 중간에 식당을 들르지 않아서인지 예상보다 빠르게 불국사에 도착할 수 있었다. 차를 타고 올라가는 길에 커브가 많아서 몸이 왼쪽 오른쪽으로 계속 치우쳤다. 주차를 하고 표를 끊었다. 직원이 표를 끊어주며 돌담길을 따라 죽 올라가라고 했다. 걸어가다가 나는 담벼락에 낀 뱀허물을 발견했다.

─이것 봐.

동생과 외삼촌이 나란히 멈춰 섰다. 둘의 표정이 닮아 보였다.

─어릴 때 이런 거 많이 봤다.

외삼촌의 연설이 시작되려 했고, 동생은 손으로 뱀허물을 쿡쿡 찔렀다.

─언니, 느낌이 정말 이상해. 말랑한 가죽이야.

굳이 만져보고 싶지 않았지만 동생이 내 손을 잡아끌었다. 뱀허물은 손이 쑥 들어갈 정도로 말랑했고 오돌토돌한 비늘도 느껴졌다. 평소에 잘 느껴보지 못했던 질감이라 등에 약간 소름이 돋았다. 나는 뱀허물이 닿았던 손가락을 외투에 여러 번 문질렀다.

경내로 들어서자 두 개의 탑과 높은 계단이 나왔다. 동생은 오른쪽 탑 기단에 놓인 돌사자를 가리키며 귀엽다고 난리였다. 안내판에는 돌사자가 원래 네 마리였지만 나머지 세 마리를 도난당했다고 적혀 있었다. 그 사실을 말해주자 외삼촌은 내가 읽어주는 게 재미있다고 했다. 안내판을 읽었을 뿐인데 뿌듯했다. 내친김에 인터넷으로 불국사의 역사를 검색해서 읊었다. 둘은 내 말을 듣는 둥 마는 둥 하며 서로 사진을 찍어주기에 바빴다. 안쪽 공간으로 이어지는 높은 계단은 이용이 금지되어 있었다. 안내판에는 계단을 오르면 불국세계에 도달할 수 있다고 적혀 있었다. 현대에는 이용이 불가능하니 이젠 그 누구도 불국세계에 가닿을 수 없는 게 아닌가. 나는 야심한 밤 몰래 계단을 올라 불국세계로 훌쩍 떠나는 누군가를 상상해보았다. 예를 들면 야간 경비원이나, 수학여행을 왔다가 탈출하는 아이들…… 하지만 외삼촌은 갈 수 없겠지. 우리는 오늘밤 바비큐를 먹으러 숙소로 가야 할 테니까. 나는 속으로 마음껏 비웃어주었다.

계단을 끼고 빙 돌아 불국사 내부로 이동했다. 내부에는 외국인들이 많았다. 그들이 어떤 생각을 할지 궁금했다. 그러다 곧 이건 너무 차별적인 생각이었다고 반성했다. 그들은 외국인이 아닐 수도 있다. 겉모습으로 외국인과 내국인을 나누다니 나의 사고는 갇혀 있다. 나는 차별이 생활화된 인간이다. 갑자기 자괴감이 들어 교육 시스템을 탓했다. 그러다가 카메라로 기와를 찍고 있는 동생에게 말을 걸었다.

—저기 저 외국인 말이야.

—응.

—커피 어디서 샀을까?

—글쎄?

동생은 외국인이라는 말에 아무 반응도 하지 않았다. 동생을 공범으로 만들자 기분이 조금 나아졌다. 내가 히히 웃자 동생은 나를 찍어주었다. 문득 동생에게 괜한 말을 했다는 생각이 들었다. 나는 동생에게 이민을 제안한 적이 있었다. 우리는 알바를 하며 돈도 모았다. 왜 그렇게 이민에 집착했었나. 그즈음 우리는 벗어나는 것만 생각했다. 눈물과 분노로부터…… 집안에서 눈물과 분노의 분출이 허락된 사람은 엄마뿐이었다. 요즘 나는 동생에게 외국에 가자는 말을 하지 않는다. 동생은 그에 대해 별말이 없다. 내 삶은 동생을 공범으로, 동지로, 연대할 만한 사람으로 만드는 데에 쏠려 있는 것 같다. 자꾸만 생각이 많아졌다. 대웅전에 가서 시주함에 천원을 넣고 마음을 흘려보내야겠다고 생각했다.

*

우리는 비로자나불 앞에 섰다. 외삼촌은 나에게,

—비로자나불은 검색 안 하냐. 저 수인을 봐. 저게 비로자나불의 수인이야.

라며 아는 척을 했고 나는 곧바로 비로자나불을 검색했다. 비로자나불은 오른손 검지를 왼손으로 감싸쥔 모양의 수인이 특징이라고 했다. 비로자나불은 진리의 부처이며 어떤 모습으로든 나타날 수 있다고도 적혀 있었다. 나는 아는 척할 게 뻔한 외삼촌의 말을 듣기가 싫어서 검색한 내용을 동생에게만 말했다. 동생은 감동한 모양이었다.

—나는 앞으로 나를 괴롭히는 모든 것을 비로자나불이라고 생각할래.

동생에게 천원을 달라고 했다. 동생이 현금이 없다고 해서 외삼촌에게 부탁할 수밖에 없었다. 외삼촌은 천원을 건네면서 함께 여행을 오는 조건으로 주기로 한 백만원에서 천원을 빼고 구십구만 구천원을 주겠다고 했다. 치사하고 더러웠지만 돈 주는 사람은 외삼촌이니까 두 손을 내밀어서 받았다. 그러고 시주함에 천원을 넣고 합장을 했다. 고개를 숙이고 잠시 눈을 감았는데 눈 안쪽에서 눈물이 밀려나왔다. 눈을 감고 있을 때 눈물이 흐르면 더 뜨겁게 느껴진다. 눈물이 볼을 타고 흐를까봐 황급히 눈을 뜨자 눈물이 땅으로 툭 떨어졌다. 외삼촌은,

—너 우냐? 거봐. 넌 전생에 업이 엄청 많다니까?

확신하듯 말했다. 구십구만 구천원이 아니었다면 절대 함께 오지 않았을 거였다.

우리는 경내를 다 둘러보고 입구에 있는 기와와 화분에 적힌 내용들을 구경했다. 동생과 내가 사는 지역에서 온 가족도 있었다. 심지어 우리가 사는 곳과 동도 같았다. 그들은 소원을 적는 대신 경주에 온 소감을 적어놓았다.

—어쩌면 같은 마을버스를 타고 다녔을 수도 있겠어.

동생이 말했고,

—우리 동네엔 버스가 몇 대 안 다니니까.

라고 굳이 덧붙였다. 우리 동네는 몇십 년째 버스 노선이 늘지 않았고 새로 생기는 건물도 없었다. 자양군 호오프 소오주가 문을

닫았다는 것 정도가 변화라면 큰 변화였다. 가게를 내놓았는데 임대가 잘 되지 않아 여전히 빈 채로 남아 있었다. 어두운 밤, 길을 걷다 불이 꺼진 가게를 보는 일은 아직도 생소했다. 엄마가 술에 취해 큰 목소리를 내며 앉아 있을 것 같았다. 할로겐등 밑에서. 나는 이렇게 말한 적이 있었다.

—엄마, 할로겐이 더 전기세가 많이 나온대.

엄마는 신경질을 냈다.

—너 같으면 형광등 밑에서 술 마시고 싶겠니?

자앙군 호오프 소오주에서는 주로 걱정을 하며 시간을 보냈다. 내 미래에 대한 걱정은 별로 하지 않았지만, 엄마에 대한 걱정은 많이 했다. 취해서 집을 못 찾을까봐, 친구의 아빠에게 업혀서 들어올까봐, 아무데서나 오줌을 쌀까봐. 그래서 나는 종종 가게가 끝나는 시간까지 엄마를 기다렸다. 엄마는 새벽 두시가 넘어야 가게를 닫았고, 나는 학교에서 매일 엎드려 잤다. 엄마는 내가 늦게 자는 버릇 때문에 키가 덜 컸다고 말하곤 했지만 내 생각엔 유전 같았다. 외가에도 친가에도 큰 사람이 없었고 동생도 키가 작았다. 유전이라는 걸 생각하자 기분이 또 이상해졌다. 나도 언젠가는 자앙군 호오프 소오주 같은 가게를 차리게 될까? 아니면 스님이 되고 싶어할까? 술을 마시면 맨날 주정을 하게 될까? 아직까지는 가게를 차리고 싶지도, 스님이 되고 싶지도 않다. 주사도 없는 편이다. 엄마는 주사 때문에 동네 사람들에게 평판을 다 깎아먹었다. 엄마의 예전 미용실 손님들은 이불가게에 모여서 엄마 욕을 했다. 남편이 멀리 있어서 술을 마시면 자기네 남편을 꼬시는 거라고 했다. 나는 그 말이 사실일까봐 불안에 떨었고 엄마를 더욱 감시했다. 나는 그 얘기를 초등학교 때부터 제일 친하게 지냈던 친구에게서 들었다. 친구는 이불가게 아줌마의 딸이었다. 친구는 그 얘기를 굳이 공중전화 컬렉트 콜로 걸어 대단한 비밀인 것처럼 말해주었다. 나는 그뒤로 친구의 전화를 받지 않았다. 친구가 집에 몇 번 찾아왔지만 없는 척했다. 지금은 종종 SNS에서 개의 소식을 본다. 코 수술을 한 것 같았고 대기업에 다니고 있었다. 그리고 다른 지역에서 사는 듯했다. 그러니 이제는 볼 일이 없을 것이고, 봐도 아무 감정이 들지 않을 것이다.

외삼촌이 돈을 주고 꽃을 샀다.

ㅡ누나 이름 써야지.

엄마의 이름이 먼 지역에 적힌다는 것이 내키지는 않았지만 이미 낸 돈이라서 가만히 있었다. 동생이,

ㅡ삼촌, 어차피 낸 돈이니까 우리도 소원 쓸래.

라고 해서 우리는 소원을 하나씩 적었다. 나는 가내 평안이라고 적었지만 속으로는 불로소득, 불로소득, 불로소득, 하고 세 번 중얼거렸다. 진리를 깨달은 자라면 진실한 소원을 파악할 것이다.

*

동생이 예약한 숙소는 다섯 개의 동으로 나누어져 있었다. 우리는 C동에서 체크인을 한 뒤 숙소인 E동에 짐을 풀고 바비큐 파티를 하러 A동 지하로 갔다. 직원의 말에 따르면 하늘정원은 A동 주차장 바로 옆에 있어야 했는데, 주차장 안내도에는 하늘정원이 표시되어 있지 않았다. 우리는 다시 C동에 가서 위치를 한번 더 물어야 했고, 직원은 하늘정원이 아닌 프라이빗 바로 가라고 말했다. 우리는 다시 A동 지하로 가서 프라이빗 바를 찾아냈다. 인터넷으로 봤을 때와 달리 그곳은 말만 바비큐 시설이지 간이 고깃집이나 다름없는 모양새였다. 불판하며, 그 위를 향해 있는 환풍기하며, 테이블 옆에 달린 수저통하며. 게다가 숯불도 아니었다. 직원은 가스버너를 가져와 불을 켜주었다.

―사진이랑 너무 다른데?

동생이 말했고 외삼촌은 소주를 시켰다. 소주는 한 병에 오천원이었다. 외삼촌은 소주를 시키면서 직원이 들도록 크게 말했다.

―여기 순 사기구만.

직원이 억지로 웃음을 지었고, 동생과 나는 최대한 공손한 억양으로 감사하다고 말했다. 고기는 빠르게 익었다. 너무 빨리 익어서 대부분이 타버렸다. 외삼촌은 고기가 익는 속도에 맞춰서 빠르게 소주를 마셨다.

―삼촌, 스님 되면 술 끊어야 되잖아.

―스님도 다 술 마셔. 불경에 그런 거 안 나와 있어.

―고기는?

―살생하지 말라고는 적혀 있지. 근데 너넨 안 마셔?

―어제 너무 많이 마셨어.

동생은 고기를 굽는 데 집중하며 먹지도 마시지도 않았다. 내가 집게를 뺏어 들자 동생은 그제야 쌈을 하나 싸 먹더니 소주잔을 두 개 가지고 왔다. 고기가 있으니 술을 안 마실 수는 없다고 했다. 술 때문인지 불 때문인지 열이 오르는 게 느껴졌다. 술이 들어가자 억울해졌다. 점심까지 포기했는데 하늘정원도 뭣도 아닌 주차장 옆에서 인당 삼만원씩이나 내고 앉아 있는 것이다. 반면에 외삼촌은 잘 먹고 마셨다. 혼자서 소주를 세 병이나 마시고는 꼬부라진 혀로 말했다.

―조카들아. 삼촌은 꼭 스님이 될 거다.

―그래.

―레이저로 흉터도 지질 거고.

―응.

―근데 백만원 꼭 줘야 되냐?

동생이 옆에서,

―구십구만 구천원. 아까 천원 줬잖아.

했다.

―그러면 삼촌이…… 매일 천원씩 주면 어떨까?

대꾸할 가치도 없었다. 동생과 내가 소주 한 병을 나눠 마셔서 술값만 이만원이 나왔다. 외삼촌이 총 십일만원을 계산하고 나가다가 약간 비틀거렸다. 외삼촌을 부축하면서 이놈의 집안은 정말 지겹다고 생각했다. 주차장을 돌아 E동 숙소로 가는데 동생이 화살표 하나를 발견했다. 동생은 화살표를 손으로 짚으며 말했다.

―여기 하늘정원이라고 쓰여 있는데?

―우리가 있던 데는 뭐였어?

―프라이빗 바.

―아니 그러니까, 우린 하늘정원을 예약했잖아.

―한번 올라가볼래?

우리는 화살표를 따라 천천히 걸었다. 외삼촌이 노래를 흥얼거렸다. 옛 노래 같기도 하고 불경 같기도 했다. 화살표 끝에는 유리 계단이 있었다. 외삼촌에게 기다리라고 하고 동생과 나만 올라가보기로 했다. 계단 아래쪽이 훤히 보여서 한 발씩 옮길 때마다 땅이 꺼져버릴 것 같은 기분에 사로잡혔다. 몰랐는데 내게 고소공포증이 있는 모양이었다. 나는 앞서 걷는 동생을 불러 한 손으로는 난간을 잡고 한 손으로는 동생 손을 잡았다. 동생 손은 아주 찼다. 내 손도 차가워서 우리 손엔 곧 차가운 땀이 고였다. 마침내 계단을 다 오르고 나서야 어지럼증이 사라졌다.

계단 위엔 우리가 사진으로 봤던 바비큐 그릴들과 테이블이 있었다. 할로겐 조명이 여기저기 달려 있어서 아무도 참석하지 않은 축제에 온 것 같기도 했다. 현수막도 있었는데 튼튼히 고정하지 않은 모양인지 왼쪽 위의 천이 떨어져 하늘정원의 '하'가 반쯤 가려져 있었다. 동생이 그걸 가리켰다.

—늘정원이다.

우리는 우리가 왜 이 공간을 이용할 수 없었는지 분석했다. 분석할수록 아쉬워서 차라리 여길 못 보고 지나가는 게 나았을 거라고 생각했다. 우리는 빈 테이블에 마주앉아서 고기를 굽는 시늉을 했다. 나는 동생에게 빈손으로 쌈을 싸주었다. 동생은 빈 입을 오물오물댔다. 그거 청양고춘데, 라고 말하자 동생이 퉤 뱉는 시늉을 했다. 나는 말했다.

—여기서 먹었으면 진짜 좋았겠다.

—그러게. 숯불 통도 있어. 우리가 상상한 바비큐 파티가 될 뻔했다고.

—근데 경주 와서 좋아?

—그럭저럭. 궁금한 건 있어.

—뭔데?

—엄마 아빠도 불국사에 갔을까?

—갔겠지. 제일 유명한 데잖아.

그런 얘기를 하며 우리는 난간 앞에 서서 아래쪽을 바라보았다. 외삼촌이 우리를 향해 소리쳤다.

―삼촌 사진 찍어주라!

　　외삼촌이 서 있는 곳은 물이 다 빠진 야외수영장이었다. 밤인데도 야외수영장은 파랬다. 물이 있는 것처럼 보였다. 다 해진 천으로 덮인 선베드들만이 지금은 수영장에 물이 없는 계절이라는 사실을 알려주고 있었다. 외삼촌은 수영장 가운데서 계속 손을 흔들어댔다. 동생이 휴대폰을 꺼내 그 모습을 대충 찍었는데 외삼촌이 그 멀리서 어떻게 봤는지,

　　―제대로 좀 찍어.

　라고 소리쳤다. 동생은 줌인을 했다. 외삼촌이 다시 한번 말했다.

　　―삼촌이 준 카메라 있잖아. 그걸로 찍어.

　　―요즘은 카메라보다 휴대폰이 더 화질이 좋아.

　　동생은 애초에 그 카메라를 챙겨오지도 않았다. 나는 그것과 별개로 외삼촌의 목소리가 너무 큰 것이 신경 쓰였다. 나는 동생에게 이제 그만 내려가자고 했다. 내가 양손으로 각각 난간과 동생을 잡고 후들거리며 내려가는 동안 숙소 직원이 나타나 외삼촌에게 정중하게 말했다.

　　―수영장에 들어가시면 안 됩니다.

　　우리는 그 모습을 보고 일행이 아닌 척하면서 숙소로 도망쳤다. 도망치면서 동생이 말했다.

　　―삼촌은 비로자나불이다. 삼촌은 비로자나불이다.

숙소에 있는 세븐일레븐에 갔다. 출입문에 '일본산 불매'라고 적혀 있었다. 동생은,

—언니, 세븐일레븐 일본 거 아니야?

라고 물었다. 맥주 몇 개를 사와서 외삼촌 방에서 마셨다. 화장실에서 오줌을 싸는데 아빠에게서 전화가 왔다. 나는 변기에 앉은 채 전화를 받았다. 아빠가 잘 도착했냐고 물었고 나는 불국사에 다녀왔다고 대답했다.

—불국사에서 뱀허물을 봤어.

—무서웠겠네.

—무섭진 않고…… 이상했지 뭐. 처음 보는 거니까.

—아빠도 아까 과수원에서 뱀 봤어.

—그래?

—너희 이모부가 뱀술 만든다고 잡는 걸 그냥 두고 왔어.

—우리도 삼촌 그냥 두고 올 뻔했는데.

해야 할 말은 아니었지만 하고 싶은 말이 떠올랐다. 나는 할까 말까 망설이다가 그냥 말해버렸다.

—아빠, 엄마는 아빠가 없어서 힘들어했어.

—……그래.

—그런데 아빠가 없는 엄마를 견디는 우리가 더 힘들었어.

—……저녁으론 뭐 먹었니.

—바비큐. 완전 사기당했어.

—내일 오나?

—내일 갈게.

—항상 운전 조심해.

—응.

전화를 끊고 앉아 있자니, 문득 외삼촌이 십오 년 전에 삼성 카메라로 가족사진을 찍는 데 성공했는지가 궁금해졌다. 외삼촌이 동생에게 반야심경을 틀라고 시키는 목소리가 들렸다. 아무래도 삼촌은 스님 대신 조카에게 반야심경이나 틀라고 시키는 놈팡이로 남을 것 같았다. 동생은 또 고분고분 그걸 틀었다. 동생의 고분고분한 성격이 아무래도 나 때문인 것 같아서, 삼촌에게 구십구만 구천원을 받는다면 동생에게 오만원을 더 줘야겠다고 생각했다. 받을 수 있을지 모르겠지만. 변기 물을 내리고 가만히 앉아 있자, 변기에 다시 물이 차는 소리가 들렸다. 열 살 때 깊이 들어갔던 그물속에 앉아 있는 것 같았다. 나는 가만히 검지를 손바닥으로 감싸보았다.

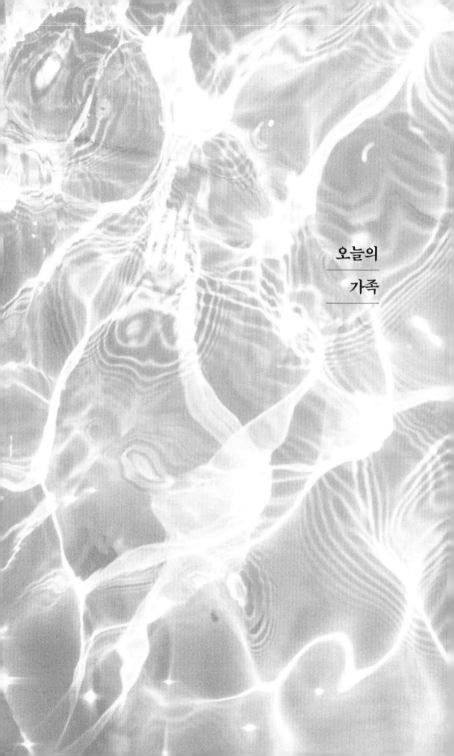

오늘의
가족

외할아버지 문학선씨가 죽기 직전에 미주는 친구들과 영화관에서 해외 인디 밴드의 다큐멘터리를 보고 있었다. 에코 콘셉트의 다큐멘터리여서 밴드가 연주하는 모든 악기에 전선이 꽂혀 있지 않았다. 멤버들은 무너져내린 성벽 앞이나 언덕 위, 심지어는 빙하 위에서까지 연주했다. 그래서 미주는 영화를 보는 내내 촬영 장비의 전선은 어디에 꽂혀 있었을지 궁금해했다.

영화를 보고 나온 미주는 친구들과 함께 근처의 리퀘스트 바로 향했다. 미주는 그 술집에 두어 번 가봤을 뿐이었지만 마치 단골인 듯 친구들을 인도했다. 자리에 앉아 다들 진토닉을 시켰고 그날 본 영화에 대한 이야기를 나누었다. 한 친구는 그 밴드의 음악을 처음 들었다고 했다. 다른 친구 하나가 그를 타박하며 그 '계보'의 음악 리스트를 설명했다. 지겹다고 느낀 미주는 휴대폰의 전원을 켰다. 엄마에게서 부재중전화가 몇 통 와 있었다. 미주는 전화를 걸었고 엄마가 전화 받은 그때, 미주가 신청한 음악이 흘러나왔다. 그 음악은 미주의 외할아버지가 전쟁을 겪을 무렵 미국인들이 열광하던 노래였지만 그녀가 그 사실을 알 리 없었다. 외할아버지도 당연히 그 사실을 알지 못했는데, 그는 평생 음악이라든가 미술 혹은 영화같이 먹고사는 일과 관련되지 않은 것에 즐거움을 느낀 적이 없었다. 관심을 둘 수가 없었다는 설명이 더 적확할 것이다. 외할아버지의 삶은, 지금 흘러나오는 미국의 팝과는 아주 먼 거리에 존재하는 거라고, 미주는 엄마의 목소리와 그 음악을 동시에 들으며 생각했다.

엄마는 짧게 통화를 끝냈다. 친구들이 통화 내용을 물었고,

─외할아버지가 위독하시대.

라고 미주가 대답했다. 엄마는 지금 동생을 데리고 시골로 향하고 있다고, 혹시 당장 출발할 수 있냐고 물었으나 그녀는 친구들에게 그런 구체적인 이야기는 하지 않았다. 그럼에도 친구들은 당장 가봐야 하는 것 아니냐고 물었다. 미주는 고개를 저으며, 외할아버지는 오 년간 몇 번이고 위독한 적이 있었지만 아무 일 없었다고, 이번에도 별일 아닐 거라고 말했다. 온 가족이 시골에 내려간 것도 수십 번이며 그때마다 외할아버지는 살아났다고. 미주와 친구들은 앞에 놓인 술을 마시며 각자의 할아버지에 대한 대화를 나눴

다. 시간이 좀더 흐르자 이야기는 자연스럽게 다른 주제로 넘어갔다. 그들은 팝에 대해 이야기했다. 그들은 시에 대해 이야기했고, 미술에 대해서도 이야기했다. 진토닉을 조금 더 시켰고 그 탓인지 미주는 말을 좀 많이 했다. 새벽까지 마시고 잡아탄 택시에서 미주는 취한 채로 엄마의 전화를 다시 한번 받았다.

*

동이 틀 무렵 아버지가 왔다. 아버지는 비행기인지 기차인지를 타고 어디선가 왔다고 했다. 아버지를 보는 건 오랜만이었다. 잠이 덜 깬 미주에게 아버지는 짐을 대충 챙기라고 했다.

─늦은 건 우리 둘뿐이라는구나.

그 말이 어떤 예언처럼 들려 미주는 약간 소름이 돋았다. 둘은 밖으로 나와 아파트 단지 주차장으로 걸어갔다. 미주는 고양이 한 마리가 놀이터를 배회하는 걸 보다가 차에 올라탔다. 아파트 단지 내에 차문을 닫는 소리가 같은 박자로 몇 번 울렸다.

*

접객실엔 사람이 많았다. 동네 사람 모두가 앉아 있는 것 같았다. 몇몇이 미주를 알아보았다. 미주는 그들에게 가볍게 묵례를

한 뒤 말을 걸 만한 가족을 찾아 둘러보았고, 사촌동생 윤재은을
발견했다. 그녀는 육개장과 전이 담긴 접시를 각각 한 손에 든 채
정신이 없어 보였는데 미주를 보고 알은체를 했다. 미주는 재은이
든 접시를 나누어 들었다. 그들은 춘씨댁 앞에 그 접시들을 내려
놓았다. 춘씨댁이 왜 이렇게 늦게 왔냐고 하자 미주는 슬픈 표정
을 지었다. 그리고 자리를 옮기며 재은에게 물었다.

　—언제 왔어?

　—나 가족들이랑 다 같이 왔지. 언니는 왜 이모랑 같이 안 왔
어?

　—……일이 좀 있었어.

　미주는 약간의 죄책감을 느꼈고 그래서 죄책감을 덜 요량으로
반사적으로 아버지를 찾았지만 보이지 않았다. 재은은 이리저리
둘러보는 미주를 방으로 데려갔다. 방은 난방이 잘되는지 후끈거
렸다.

　—여기에 짐 놓으면 돼. 앞으로 삼 일 동안 여기서 잘 거래. 우
린 이거 꽂고 있으면 돼.

　재은이 미주의 머리에 흰 리본이 달린 핀을 꽂아주며 새벽 상황
에 대해 빠르게 이야기해줬다.

　—할머니의 전화였어. 오늘은 정말 심상치가 않다면서. 막내
이모네는 벌써 출발한 상태여서 큰이모한테 전화했지. 근데 큰이
모가 언니한테 전화 안 했어? 뭐, 사실 나도 이번에는 진짜라는 말

이 믿기진 않았어. 그런데 도착해서 할아버지 보는데 느낌이 다르더라고. 이런 말 해도 되나. 마치 사물…… 같았거든.

밖에서 미주와 재은을 부르는 소리가 들려 둘은 동시에 대답했다. 손님이 밀려오는 모양이었다.

*

아버지는 괴상한 차림을 한 채 손님을 맞고 있었다. 그는 삼베로 만든 장군 옷을 입고, 머리엔 삼베 재질의 투구 같은 걸 쓴 채, 역시나 삼베로 만든 칼을 쥐고 있었다. 미주가 그 차림에 어떤 반응을 보일 새도 없이 아버지는 막냇삼촌과 함께 빈소로 들어갔다. 빈소에는 아버지와 이모부 셋, 막냇삼촌이 영정 오른쪽에 주르르 앉아 있었고, 다섯 명 다 삼베로 된 장군 복식이었으나 아버지의 차림이 제일 화려했다. 미주는 재은과 함께 손님들에게 국이며 떡을 갖다 나르다 구석에 앉아 있는 동생을 발견했다. 동생 주영은 미주와 열두 살 차이가 났고, 아직 초등학생이었다. 그러고 보니 도착해서 엄마를 보지 못했다는 데에 생각이 미쳐 미주는 주영에게 물었다.

—엄마는?

—병원 사람들이랑 같이 갔어.

—엄마랑 새벽에 온 거야?

—응. 언니는 왜 안 왔어?

—일 때문에.

—우린 새벽에 와서 할아버지랑 할머니랑 다 같이 잤어.

—다른 사촌들은?

—다 같이 잤다니까. 명절처럼.

미주는 주영을 돌려 앉히고 흐트러진 머리를 다시 단단히 묶어주었다. 미주는 언니 노릇을 하고 싶을 때 그렇게 했다. 머리를 묶어주는 일은 들이는 품에 비해 생색내기 좋았다. 사실 미주가 처음부터 주영을 예뻐한 것은 아니었다. 오히려 주영이 태어났을 때 엄마와 아빠와 자신으로 완벽했던 세계가 모두 엉망이 되어버린 기분이었다. 자신이 그 어린 생명체를 키우는 걸 도와야 한다는 것도, 그 생명체에게 자신의 몫을 나눠줘야 한다는 것도 모두 알고 있었다. 알고 있었지만 기뻐하는 척했다. 어른들이 열두 살짜리 아이의 현실적인 예측을 좋아하지 않는다는 것을 미주는 알고 있었다. 미주는 또한 자신이 언니 노릇을 하면 어른들을 안심시킬 수 있다는 것을 알았다. 어른들을 안심시키고 나면 미주는 또래에게 추앙받는 일들을 할 수 있었다. 또래에게 추앙받는 건 기분좋은 일이었다. 그러려면 또래가 하지 않는 것들을 해야 했다. 미주는 시를 읽고, 영화를 보고, 미술을 감상했다. 그리고 또래와 놀지 않았다. 그게 가장 중요한 부분이었다. 추앙받는다는 게 고작 그런 거라는 걸 미주는 혼자가 되어서야 알게 되었다. 그리고 나니

시시해져서 시나 영화나 미술을 보는 또래들과 어울려 다녔다. 그
들은 스스로를 예술충이라고 부르며 자조했지만 그 자조는 자부
심의 다른 표현이었다. 주영의 탄생이 미주를 훌륭한 예술충으로
길러낸 것이었다. 미주는 그런 생각을 하며 킥킥 웃었고, 주영의
어깨를 툭 쳤다.

　—가서 사촌들이랑 놀아.

　그랬는데도 주영은 자리에서 일어나지 않았다.

                              *

　엄마는 한참 뒤에야 외할머니와 함께 나타났다. 엄마는 루이뷔
통 가방을 탁자에 툭 내려놓았고, 미주는 그 가방이 가짜라는 사실
을 알고 있었으므로 부끄러움에 잠시 몸을 떨었다. 엄마는 루이뷔
통이라는 브랜드 자체를 모르는 사람이었다. 특정 로고와 패턴들
로 가방의 가치가 달라진다는 것을 몰랐다. 그녀는 그저 시장에서
가방을 샀고, 시장엔 가짜가 많을 뿐이었다. 그런 면에서 외할아버
지와 엄마는 닮았다. 가짜 루이뷔통 가방 주변으로 이모들이 앉았
다. 엄마는 이모들과 머리를 맞대고 장례 비용에 관한 이야기를 했
다. 엄마는 장례의 모든 것을 최고급으로 하기로 했다고 말하며,
모두 아버지가 살아 계실 적에 바랐던 것이라고 덧붙였다. 이모들
은 고개를 끄덕였지만, 미주는 외할아버지가 살아 계실 적에 바랐

던 것이 무엇인지 잘 몰랐다. 미주가 기억하는 외할아버지는 밭에 나가고, 소에게 여물을 먹이고, 술을 마시는, 그런 사람이었다. 어느 날은 술을 마시고 집으로 돌아오다 빙판에 미끄러져 머리가 깨진 적이 있었다. 그랬는데도 술을 계속 마셔 장기가 하나씩 쓸모를 다하고, 그래서 몇 번이나 수술하고, 가족들은 그 수술비를 모으고, 그러는 와중에 누군가는 그의 기저귀를 갈고. 미주는 자신이 외할아버지에 대해 알고 있는 게 별로 없다는 생각을 처음으로 했다. 미주가 아는 것은 외할아버지가 아니라 그를 둘러싼 가족의 이야기, 그것도 아주 일부였다. 그렇지만 외할아버지의 이야기든 가족의 이야기든 지난한 건 마찬가지였다. 알고 있어도 딱히 쓸모없는 이야기들. 외할아버지에게 재산이 많았거나 가족 중 누군가가 크게 성공했다면 쓸모 있는 이야기가 되었을까. 미주는 그런 생각을 하며 엄마와 이모들의 장례 계획을 엿들었다. 요약하자면 이랬다. 돈은 다른 장례식에 비해 많이 쓰지만 삼 일을 지내는 것은 다를 바 없다. 내일부터는 외할아버지의 손님보다는 가족들의 손님이 많이 올 것이다. 다들 회사생활을 하고 있기 때문에 손님들이 꽤나 올 것이고, 특히 대기업에 다니는 둘째 이모부의 손님이 많을 것이다. 외할머니는 그 모든 이야기를 가만히 듣고만 있었다. 외할머니는 원래 말이 없는 사람이었다. 그녀는 잘 울지도 웃지도 않았다. 그녀에게서 찾아볼 수 있는 것이라곤 피곤함뿐이었다. 그런 외할머니가 갑자기 문 쪽을 보고 천천히 몸을 일으켰다. 예상치 못한 사람들이 도착했다. 미주의 사촌오빠들이었다.

*

그들은 서른셋에 요절한 큰외삼촌의 아들들이었다. 미주의 엄마보다 두 살 많은 큰외삼촌은 당뇨합병증으로 죽었다. 그는 설비업자로 일했는데 죽기 직전에 미주의 집에 보일러 배관을 새로 설치해주었다. 하지만 그 배관 공사가 꽤나 엉망으로 되어, 엄마는 보일러에 이상이 생길 때마다 그를 욕했다.

—씨팔, 그 몸으로 동생 집 배관 새로 해준다고, 계단 올라가기도 힘든 사람이, 씨팔, 해준 게 제대로겠냐.

그러면서 울었다. 큰외숙모는 큰외삼촌이 죽고 일 년 뒤 큰외삼촌의 친구와 재혼했다. 그녀는 명절에 미주의 시골집, 그러니까 시댁에 내려와 재혼 소식을 전했다. 그 말을 꺼낼 때 그녀는 프라이팬 앞에 쭈그리고 앉아 동태전을 뒤집고 있었다.

—솔직히 애들 아빠가 뭐 하나 해준 거 없잖아요. 저도 이제 행복할래요.

아무도 대답하지 않았고, 미주는 그녀가 소쿠리에 올려놓은 동태전을 집어먹었다. 갓 만든 전은 기름지고 맛있었다. 한참을 집어먹고서야 미주는 가족 누구도 말을 하고 있지 않다는 걸 깨달았다. 그뒤로 미주가 큰외숙모를 본 적은 없었다. 몇 년 지나 큰외숙모가 마귀를 쫓는다는 교회에 심취해 있다는 소식을 전해들은 것이 다였다. 그녀의 아들들, 그러니까 사촌오빠들은 가끔 명절을 쇠러 왔다. 처음에는 일 년에 한 번 오더니 나중에는 이 년에 한 번, 그러다가는 영 오지 않았다. 그래서 장례식장으로 들어서는 그들을 보고 가족들은 약간 놀랐다. 둘 중 한 명은 큰외숙모를, 다른 한 명은 큰외삼촌을 닮아 있었다. 큰외삼촌을 닮은 쪽이 맏이, 큰외숙모를 닮은 쪽이 둘째였다. 그들은 신발장 옆에 어정쩡하게 서서 가족들을 향해 인사했다. 빈소에 있던 남자들이 그들을 알아보곤 인사를 하러 나왔다. 미주는 다시 한번 외할아버지의 사위들과 아들이 모두 삼베로 만든 장군 옷을 입은 모습을 보고 고개를 숙이고 조금 웃었다. 남자들은 악수를 하고는 잠시 논의를 했다. 큰외삼촌의 큰아들에게 상주 완장을 주는 것에 대한 논의였다. 큰아들은 큰외삼촌을 쏙 빼닮은 얼굴로 아직 신발장 옆에 서 있었다.

—뭐해, 들어와서 완장 차라.

막냇삼촌의 말에 그는 조용히 고개를 숙였다. 한참 고개를 숙이고 있던 그는 무언가 결심한 듯이 주먹을 꾹 쥐고 고개를 들었다.

—전 못 들어갑니다.

그러자 큰외숙모를 닮은 둘째가 말했다.

—제가 차는 걸로 하죠.

—그런 법이 어딨냐.

—들어가서 설명할게요.

그가 성큼 빈소로 들어갔다. 큰아들은 잠시 주변을 살피며 서성
이다가 말했다.

—저는 밖에서 조의금 받겠습니다.

그는 재은의 동생이 앉아 있던 조의금 테이블 쪽으로 재빠르게
걸어갔다. 재은의 동생은 오랜만에 보는 그에게 어정쩡하게 인사
를 했고, 자신의 자리를 빼앗겨서 어쩔 줄 몰라하다가 이내 의자
를 하나 더 챙겨왔다.

*

저녁이 되자 춘씨댁을 제외하고는 동네 사람들이 모두 떠났다.
미주는 음식을 나르는 중간중간에 그들의 자리에 앉아 있기도 했
다. 그들은 술냄새를 풍기며, 미주도 모르는 미주에 대해 이야기
했다. 그들의 기억 속에서 미주는 조용한 아이였다가 야무진 아이
였다가 했다. 미주에 대해 말하고 나면 그다음은 항상 미주의 부
모에 관한 이야기로 넘어갔다. 모두가 그 얘기를 했다. 그것은 문
씨 성에 관한 이야기이기도 했다. 미주의 부모님은 동성동본이라
는 이유로 한동안 혼인신고를 올리지 못하고 동거를 했다. 당시에
동성동본 간의 결혼은 끔찍한 일로 여겨져서 기형아를 낳게 된다
는 말도 있었다고, 그래서 자신이 태어났을 때 엄마가 가장 먼저
자신의 손가락과 발가락의 개수를 세어보았다고 미주는 자라면서

들었다.

—엄마, 할머니는 성이 반씨잖아.

—그렇지.

—외할머니는 우씨고.

—그렇지.

—그럼 동성동본 결혼이 왜 금지된 거야?

—그땐 몰랐지. 그땐 몰랐어.

미주는 그 얘기를 들을 때마다 엄마와 이런 대화를 반복했다. 어쨌든 여자에게도 성씨가 있다는 걸 아는 사람이 없던 탓인지 동성동본끼리 결혼해 혼인신고를 하려면 특례법 시행을 기다려야 했다. 엄마와 아버지는 그때 결혼할 계획이었지만 그전에 미주가 태어났다. 그것이 미주가 초등학교에 들어가기 전까지 큰아버지의 호적에 올라 있던 이유였다. 그렇지만 미주는 자신의 호적이 어떻게 되었는지 모른 채 살았다. 다만 시골에서 방학을 보낼 때마다 외할아버지가 미주의 물건에 성을 써두지 말라고 했던 것을 기억했다. 외할아버지는 일기장 앞에 몇학년 몇반 문미주, 라고 적힌 것을 보면 그걸 꼭 뒤집어두었다. 자전거에 적힌 이름도 알코올을 묻힌 헝겊으로 열심히 지웠다. 쪼그리고 앉아서 그걸 지우고 있는 외할아버지를 미주는 뒤에서 지켜보았다. 외할아버지는 동네 사람들이 미주의 성이 문씨라는 사실을 알게 되는 것이 부끄럽다고 했다. 하지만 미주라는 이름은 자신이 지었으므로 이름은 말해도 된다고 했다. 꽤나 이래라저래라 하네, 라고 어린 미주는 생각했다. 엄마는 미주라는 이름을 싫어했다. 여자 이름에 아름다울 미 자를 쓰면 팔자가 사나워진다는 이유에서였다. 그 기저에는 예쁜 여자는 인생이 피곤해진다는 믿음이 있었다. 결과적으로 미주는 거울을 볼 때마다 본인이 피곤해지는 쪽으로 자랐다. 인생이 피곤해질 정도의 미모란 무엇일까. 그런 인생이 있다면 한 번쯤 살아보고 싶다고 미주는 생각했다.

빈소를 슬쩍 보니 아버지는 삼베 칼을 무릎에 올려두고 졸고 있었다. 미주는 삼베 칼의 경도를 궁금해하며 빈소로 들어갔다. 이모부들도 피곤해 보이긴 마찬가지였다. 막냇삼촌은 술을 마셨는지 불콰한 얼굴을 하고 작은 사촌오빠에게 이런저런 이야기를 건네고 있었다. 작은 사촌오빠는 그저 고개를 주억거리는 것뿐인데도 워낙 진지한 인상 때문에 엄청나게 경청하고 있다는 느낌을 주었다. 그것이 막냇삼촌을 북돋우는 듯했다.

―요즘 어떻게 사냐.

―대학원 조교 해요.

―오, 대학원을 갔어?

―그렇게 됐습니다.

미주는 아버지의 무릎에 놓인 삼베 칼을 집어들었다. 생각보다 단단했다. 겉은 삼베지만 안은 견고한 무언가로 이루어진 것 같았다. 미주는 아버지의 무릎에 다시 삼베 칼을 올려놓았다. 그 탓에 아버지가 깨서 미주에게 말했다.

—추워.

—자다 깨니까 춥지.

—눕고 싶어 죽겠다.

—좀만 참아. 춘씨댁 아직 고스톱 치고 계셔.

아닌 게 아니라 춘씨댁과 엄마, 이모들이 고스톱을 치는 바람에 장례식장에 소리가 약간 울리고 있었다. 고스톱 멤버에는 외할머니도 껴 있었다. 외할머니는 웬일로 신이 나 있었다. 그녀는 고스톱 치는 사람들 다 어디 갔나, 하며 판의 스피드를 올렸다. 소복을 입은 채로 꼿꼿하게 앉아 지치지도 않고 계속 패를 돌렸다. 미주가 그걸 구경하고 있자니 재은이 다가왔다. 그러고는 자기 입술에 손가락 두 개를 갖다댔다. 미주는 조심스레 가방을 챙겨 재은과 함께 밖으로 나왔다.

*

밖은 추웠고, 미주는 코트를 챙겨 나오지 않은 것을 후회했다. 재은이 담배를 피우며 무심하게 말했다.

—마귀 때문이래.

—뭐가?

—큰오빠 빈소에 못 들어오는 거.

―그게 무슨 말이야?

재은의 말은 이랬다. 큰외숙모가 다니는 교회는 자신의 교회를 다닌 사람이 아니면 죽어서 모두 마귀가 된다는 논리를 갖고 있었다. 큰오빠 또한 그 교회를 다니고 있고 목사가 될 생각까지 하고 있기에 괜히 빈소에 들어갔다가 마귀가 붙어버리면 곤란하다는 것이었다.

―그럼 할아버지가 마귀라는 거야?

―그런 셈이지.

―우리도 죽으면 마귀네?

―말도 마.

둘이 농담을 주고받는데 재은의 동생이 걸어왔다. 그는 미주와 재은을 흘겨보며 말했다.

―누나들, 냄새 잘 처리하고 들어가.

―안 그래도 그러려고 했어.

―둘이 뭐하러 나갔느냐고 엄마가 의심해.

재은은 담배를 한 대 더 물었다.

―또 한참 못 피울 테니까 한 대 더 피우고 들어가자.

미주도 담배를 꺼내 물었다. 재은이 불을 붙이더니 말했다.

―저 새끼는 남자라고 담배 피워도 괜찮고, 우린 왜 숨겨야 돼.

―그러니까 말이다.

둘의 말에 동생이 발끈했다.

—나도 처음 걸렸을 때 엄청 혼났어.

—넌 그때 중학생이었잖아.

재은이 동생의 엉덩이를 발로 차는 척하자 동생은 엉덩이를 가리고 구석으로 뛰어갔다. 미주는 주영을 생각했다. 주영과 저렇게 농담하고 같이 담배를 피우는 날이 올까. 그러지 못할 것 같았다. 주영이 중학교에 간다는 생각만 해도 이상했다. 교복을 입고, 뒷골목에서 담배를 피우고, 연예인을 쫓아다닌다고? 그럼 화가 나서 훈육할 것 같았다. 주영과 무언가에 대해 공감하고 공유한다는 것은 상상도 되지 않았다. 주영은 자신보다 항상 열두 살이 어릴 것이었다.

미주와 재은은 서로의 옷에 탈취제를 뿌렸다. 미주가 탈취제를 들자 재은이 빙글빙글 돌았고, 재은이 탈취제를 들자 미주가 빙글빙글 돌았다. 재은이 헤어 미스트까지 준비해온 치밀함을 보여 둘은 마주보고 웃었다. 마지막으로 구강세정제로 입을 헹군 뒤에 그들은 팔을 벌리고 몇 번 제자리 뛰기를 하며 냄새가 날아가길 기다렸다. 그리고 화장실로 가서 나란히 손을 씻은 후 다시 장례식장으로 돌아갔다. 로비 전광판에는 죽은 사람들의 사진이 교대로 띄워지고 있었다. 미주와 재은은 자신들보다 한참이나 어려 보이는 사람의 영정사진을 보고 그 앞에 서서 잠시 이야기를 나눴다. 마침내 외할아버지의 사진이 떴고, 미주는 외할아버지의 표정이 웃는 듯 우는 듯 참 미묘하다, 라고 생각했다.

*

    다음날은 가족들의 손님이 방문했다. 대부분이 외할아버지를 모르는 사람들이었다. 엄마가 아는 스님이 방문해 한 시간가량 빈소에서 경을 외었다. 엄마와 엄마의 친구들은 스님이 참 경을 잘하네, 하고 평가했다. 경을 잘하는 게 따로 있다는 것을 미주는 처음 알았다. 큰 사촌오빠는 스님이 오는 걸 보고 눈치를 슬슬 살피며 어디론가 사라졌다 한참 뒤에 나타났다. 그는 빈소에 들어갈 수가 없어서 잠도 복도에서 잤다. 다른 가족들은 그가 없는 것처럼 행동했지만, 밥시간이 되면 조의금 테이블로 밥을 가져다주었다.

    스님이 경을 외고 나자 입관이었다. 입관을 보고 싶지 않은 사람들은 빈소에 남았다. 미주와 주영은 엄마의 손에 이끌려 가야 했다. 외할아버지는 아버지와 같은 삼베 투구를 쓰고 어깨에 견장이 잔뜩 달린 삼베옷을 입고 누워 있었다. 그는 오랜 시간을 시골집 한편에 누워지냈으므로 죽은 게 아니라 그냥 누워 있는 것 같았다. 그저 그의 시간을 보내고 있는 것 같았다. 미주는 외할아버지가 갑자기 마른 손을 뻗어 자신의 손을 잡을 것만 같은 기분에 장례식장에 온 뒤 처음으로 약간 슬퍼졌다. 엄마와 이모들, 그리고 막냇삼촌은 이미 눈이 빨갰다. 엄마는 미주에게 천원을 주며 외할아버지의 옷 안에 넣으라고 했다. 꾸깃꾸깃한 천원을 바르게 펴서 외할아버지의 가슴에 넣으려는데 손끝으로 한기가 느껴졌다. 그래도 미주는 천원을 가슴 안쪽에 밀어넣었다. 손에 닿은 가슴이 딱딱하고 차가웠다. 마치 사물 같았다던 재은의 말이 떠올랐다. 돌이나 콘크리트와는 다른 딱딱함이었다. 그것들은 원래 단단하고 견고해야만 하는 것이다. 하지만 사람이, 사람이 이렇게 딱딱할 수 있는 건가. 미주는 마치 죽음이 옮기라도 할까봐 외할아버지를 만졌던 손을 다른 손으로 쥐고는 손이 새빨개지도록 주물렀다. 미주에게 이 기억은 시각 대신 촉각으로 남을 것이며 앞으로 그 딱딱함과 차가움이 자다가도, 일을 하다가도, 먹다가도 느껴지게 될 것이었지만 오늘의 미주는 그러리라는 것을 알 수가 없었다. 가족들 모두가 외할아버지의 가슴팍을 만지고 울고 하는 사이 주영의 차례가 됐다. 주영은 외할아버지를 만지지 않겠다고 한사코 거부하다가 결국 엄마가 억지로 손을 잡고 이끄는 바람에 울었다. 너무 크게 우는 탓에 서둘러 입관식을 마무리해야 할 지경이었다. 그들은 그렇게 그 방에서 나왔다. 나오면서 미주도 조금 울었다. 앞으로도 입관식 같은 건 영원히 보고 싶지 않다고 생각했다. 다시 떠들썩한 접객실로 돌아왔고, 그곳은 따뜻했다. 부드러운 존재들이 앉아서 밥을 먹고 있었다. 가족들은 각자의 손님들을 챙기기 위해 흩어졌다.

*

—울 아버지가 나를 제일 예뻐했거든. 형제가 많으니까 먹을

게 부족했는데 항상 내 건 숨겨놨다가 주고 그랬어.

첫째 이모는 목소리가 큰 편이었다. 회사 동료 중 누군가가 첫째 이모에게 물었다.

—형제가 어떻게 된다고 했지?

—오빠 있었는데 일찍 가셨고, 밑으로 언니 있고 나 있고 넷째랑 다섯째도 둘 다 여자고 막내가 아들이야.

—가족들이 다들 신기하게 닮았어.

—그런가? 내가 언니랑 좀 닮았지.

—아냐. 저기 저분이랑 똑같애.

—넷째? 에이, 쟤랑 내가 어디가 닮았어.

—아냐 아냐. 꼭 빼닮았어.

첫째 이모는 그 발언이 마음에 안 드는 듯했다. 그도 그럴 것이 몇 해 전 첫째 이모와 둘째 이모는 크게 싸웠는데, 사실 그건 평생을 쌓아둔 미움이 터진 것이었다.

—어쨌든 말야, 아버지가 눈이 펑펑 오는 날에 나무를 해서 내려왔어. 다른 식구들은 다 잠들었는데 나는 못 자고 아버지를 기다렸단 말이야. 문을 여니까 새하얀 눈밭이야. 근데 올 아버지가 오시는 거 같아서 내가 밖으로 나갔어. 한 다섯 살쯤 됐나 그래. 저멀리 산에서 아버지가 내려오다가 어떻게 한 번에 알아보고는 내 이름을 막 부르는 거야. 그때 눈길을 걸어서 아버지랑 산을 터벅터벅 내려오다가, 집에 들어가기 전에 아버지가 옆집 슈퍼 할매

를 깨워서 사탕을 하나 사줬어. 그러더니 다 먹고 들어가자, 언니랑 오빠 모르게, 그러는 거야. 나는 그 기억이 그렇게 나. 아유, 또 눈물이 나네.

회사 동료들이 첫째 이모에게 휴지를 건네주었다. 미주는 엄마가 어디에 있는지를 살폈고 이내 지역 상인회 테이블에 주영을 끼고 앉아 있는 엄마를 발견했다. 지역 상인회 멤버라고 해봤자 은혜수산 아저씨와 화이팅호프집 아줌마 그리고 앵콜노래방 주인 부부로, 미주도 다 아는 얼굴이었다. 엄마는 미주를 보더니 냉장고를 가리키며 소주를 더 꺼내오라고 시켰다. 미주가 소주를 한 병 꺼내 테이블에 갖다놓자 그들이 미주에게 알은척을 하며 방석을 내어주고는 종이컵 소주잔을 손에 쥐여주었다.

—미주도 한잔해.

미주는 엄마를 바라보았고 엄마는 고개를 끄덕였다. 주영은 엄마 옆에 꼭 붙어서 아직도 부은 눈으로 미주를 바라보았다. 미주는 얼른 술을 받아 마셨다. 은혜수산 아저씨가 물었다.

—원래 아프셨지?

—응. 몇 년 동안 똥오줌 다 받아냈어.

엄마의 대답에 화이팅호프집 아줌마가 대꾸했다.

—호상이네, 호상.

앵콜노래방 주인 부부도 합창하듯 말했다.

—호상이야, 호상.

엄마는 첫날 외엔 별로 눈물을 보이지 않았는데 그 말에 조금 눈물을 비쳤다.

—그래, 호상이지.

라고 답하고는 휴지로 눈을 잠시 눌렀다.

—우리 아버지가 미주 참 예뻐했는데.

엄마의 말에 미주는 첫째 이모의 기억이 잠시 자신의 것이 된 듯한 착각을 했다. 눈이 내리는 길목에서 외할아버지를 기다리는 자신의 모습이 삼인칭시점으로 떠올랐다. 뒤이어 외할아버지가 나무 몇 개를 깎아서 윷을 만들어주었던 기억이 났다. 방학 때면 시골에 맡겨진 미주는 말을 업거나 내리면서 혼자 윷놀이를 했다. 이기는 사람도 지는 사람도 자신뿐이었다. 별로 좋은 기억은 아닌 것 같은데, 미주는 생각했다.

—내가 미주 보면서 장사하기가 힘들어서 방학 되면 항상 엄마네 맡겨놨었거든. 근데 아버지가 미주를 얼마나 예뻐했는지 내가 전화하면 애가 글씨를 잘 쓰네, 노래를 잘하네, 그렇게 미주 얘기만 했어.

미주는 자신의 얘기가 나오자 괜히 불편해져서 다른 곳에 할일이 없을까 둘러보았다. 둘째 이모와 막내 이모도 각자의 손님을 맞으며 외할아버지 이야기를 하는 듯했다. 이야기 속 외할아버지는 술을 마시기 전까지는 자상한 아버지였다. 그가 말년에 그렇게 된 것은 술을 잘못 배운 탓이라고 다들 입을 모아 말했다. 미주는 둘째 이모와 막내 이모가 외할아버지에게 맞았던 이야기를 들은 적이 있었다. 하지만 그들이 손님들에게 그런 이야기를 하는 것 같지는 않았다.

외할머니가 엄마와 이모들을 불렀다. 큰 사촌오빠를 제외한 모두가 빈소로 불려갔다. 외할머니는 크게 곡을 해야 한다고 하며 시범을 보였다. 그러더니

─이제 한다.

라면서 곡을 시작했다. 외할머니의 목소리가 쩌렁쩌렁 울렸고, 나머지 가족들은 작은 소리로 아이고, 아이고, 웅얼댔다. 외할머니는 실컷 곡을 하다 말고 외쳤다.

─애새끼들이 곡을 왜 이리 못하누. 더 크게!

가족들은 더 크게 곡을 했다. 그러다보니 안에서 무언가 터져나왔는지 몇몇은 주저앉아서 엉엉 울었다. 미주와 재은은 여전히 중얼댔다. 한참을 곡을 하고 있으려니 장례식장 직원이 다가와 문 가까이에 서 있던 미주의 옷을 살짝 잡아당기며 말했다.

─죄송합니다만 다른 빈소에서 너무 시끄럽다고 항의가 들어와서요……

미주는 일단 끄덕이긴 했지만 주저앉아서 곡을 하는 어른들에게 어떻게 전해야 할지 몰랐다. 미주는 졸면서 소극적으로 곡을 하고 있는 아버지 곁으로 갔다. 그러고는 아버지의 어깨에 손을 올리고 귓속말했다.

—장례식장 직원이…… 곡 금지래.

아버지의 전달로 곡은 마무리되었다.

*

　　밤이 되자 이모들이 가족실에 모여서 돈을 셌다. 각자의 이름
으로 들어온 봉투를 나누고, 돈의 액수를 적고, 총액을 써내면 되
는 일이었다. 자기 앞으로 들어온 봉투가 제일 많다고 첫째 이모
는 힘을 주어 말했다. 둘째 이모와 막내 이모는 그러네, 하고 대답
했지만 관심은 없어 보였다. 셋 다 직장에서 보내온 돈이 많았다.
미주는 부모님 앞으로 들어온 봉투를 맡았다. 가족 중 봉투는 가
장 적었지만 막상 열어보니 큰돈이 든 게 꽤 있었다. 그래서 결국
각각의 가족들이 받은 조의금의 총액은 비슷비슷했다. 그걸 합쳐
서 남은 장례 비용을 처리하는 데 쓸 것이라고 했다. 미주는 자신
이 계산한 금액을 적어서 현금과 함께 둘째 이모에게 주었다. 가
족실은 보일러가 너무 세게 틀어져 있는지 바닥이 뜨거웠다. 미주
가 복도로 나오자 재은의 동생이 따라붙더니 살갑게 말을 붙였다.

　　—누나.

　　—어.

　　—요즘 뭐해?

　　—그냥 이것저것.

―돈은 뭘로 벌어?

―본론만 말해.

―나 백만원만 빌려줘.

미주가 등을 돌리자 재은의 동생이 미주의 어깨를 잡았다.

―빌려줄 거 아니면 엄마랑 누나한테 말하지 마.

그러곤 어깨를 놓았다. 순간적으로 잡힌 어깨가 약간 뻐근해서 미주는 팔을 몇 번 돌렸다. 복도에서는 큰 사촌오빠가 자고 있었다. 작은 사촌오빠는 마귀의 존재를 믿는 교회에 다니지 않는지 빈소를 잘 지켰고, 잠도 거기서 잤다. 발인은 아침 여덟시. 새벽같이 일어나 잔금도 치르고 먹은 음료수도 계산하고 할일이 많을 것이었다. 미주는 나가서 담배를 한 대 피울까 하다가 탈취제며 뭐며 뿌릴 생각을 하자 귀찮아져서 관뒀다. 대신 얇은 이불을 하나 덮고 접객실 구석에 누웠다. 전체적으로 난방이 잘되는 장례식장이었다.

*

주영이 미주를 깨웠다. 일어나보니 다들 짐을 꾸리고 있었다. 미주는 가족실에 딸린 화장실에서 대충 양치와 세수를 하고 짐을 챙겼다. 짐이라고 해봐야 속옷과 칫솔, 치약이 다여서 가방은 가벼웠다. 코트를 챙겨서 빈소로 들어가자 가족들이 모여 있었다. 사촌오빠들이 운구를 거절한 탓에 자연스레 재은의 동생이 관을 들게 되었다. 재은의 동생이 장례식장측에서 가져다준 흰 장갑을 운구할 사람들에게 나눠줬다. 삼베 갑옷 복장을 한 남자들이 흰 장갑을 끼자 정말 묘한 차림새가 되었다. 직원이 안내하는 대로 외할아버지의 영정을 든 막냇삼촌이 앞에 섰고 그 뒤로 다른 사람들이 두 줄을 이루고 섰다. 그들은 에스컬레이터를 올라 관이 있는 곳에 도착했다. 떠나올 때처럼 창백한 아침이었다. 까맣고 긴 운구차에 관이 실렸다.

*

운구차는 시골집 앞에 섰다. 마을 사람들이 모여 있었다. 운구차를 탄 사람은 막냇삼촌과 외할머니뿐이었고, 다른 가족들은 각자의 차를 타고 갔다. 각자의 가족들과 함께. 그들은 마을 노인회관 앞에 주차를 한 뒤 운구차에서 관을 내렸다. 미주는 거기까지 보고 가족들과 반대 방향으로 걸어갔다. 초등학생 때 방학만 되면 와서 한 달가량 지냈던 곳인데도 기억이 희미했다. 한 가지 확실한 기억이 있었다. 슈퍼집 손녀에게 돈을 뜯긴 일이었다. 슈퍼집 손녀가 예쁜 다이어리를 가지고 있길래 어디서 샀느냐고 물었더니, 돈을 주면 집으로 배송해주겠다고 했다. 미주는 엄마가 시골에 있는 동안 쓰라고 준 용돈을 몽땅 털어 그녀에게 주었다. 그러고 연락은 끊겼다. 지금은 그 다이어리가 어떻게 생겼는지 기억조차 나지 않는다. 미주가 가지고 싶었던 많은 것이 그랬다. 지금 간절히 바라는 것들도 그렇게 되는 걸까. 미주는 개울을 따라 계속 걸어올라갔다. 시골집 앞 개울은 점점 말라가더니 작년엔 기어코 수위가 발목을 넘기지 못했다. 아래를 내려다보자 마을 사람들과 가족들이 모여서 관을 옮기고 있는 모습이 보였다.

미주가 산중턱에 있는 폐가에서 담배를 피우고 내려왔을 때는 꽃상여 행렬이 막 시작된 참이었다. 행렬 맨 앞에는 크게 꽹과리를 울리는 사람이 섰고 그 뒤로는 영정사진을 든 막냇삼촌이 섰다. 그리고 이름을 알 수 없는 꽃이 주렁주렁 달린 상여와 그걸 든 사람들이 있었고, 아버지와 이모부들은 여전히 장군 차림새로 흰 장갑을 끼고 있었다. 그 뒤에서 외할머니가 큰 소리로 곡을 하며 엄마와 이모들의 목소리가 작다고 타박했고, 엄마와 이모들은 흰 소복 위로 각자의 코트를 걸치며 아이고, 아이고, 웅얼거렸다. 마을 사람들도 길게 줄을 서서 꽃상여를 따라갔다. 재은이 미주의 옆에 서서 나란히 걸었다. 재은이 조그맣게,

—사이버펑크 같다.

라고 말했고 미주는 조금 웃었다. 걷는 동안 해가 내내 따라와 따뜻했다. 장지가 집 뒷산이었는데도 꽤 걸었고, 걷다보니 마른나무들이 한쪽으로 누운 언덕길이 나왔다. 마을 사람들은 거기까지만 따라온 뒤 돌아갔다. 가족들은 그 길을 올랐다. 가파른 길이라 상

여를 든 사람들이 애를 먹었다. 외할아버지가 아프기 전에 소를 모두 팔아서 마련한 땅이었다. 구덩이는 이미 만들어져 있었다. 땅에 관을 묻기 전 누군가가 생각난 듯이 원숭이띠와 여자들은 뒤돌아서 있으라고 했다. 가족 중 원숭이띠는 둘째 이모뿐이었고, 여자들 모두가 뒤를 돌았다. 둘째 이모가 말했다.

—근데 원래 여자는 보면 안 되는 거야? 우리 오빠 묻을 땐 다 봤잖아.

막내 이모가 대꾸했다.

—오늘은 스님이 그렇게 말씀하셨대.

외할머니가 미주와 재은에게 가방을 가리키며 짐을 좀 풀어놓으라고 했다. 가방 안을 열어보니 신문지로 싸인 과일과 떡, 그리고 술이 있었다. 미주는 신문지를 하나씩 펼쳐 그 위에 음식들을 올리고 술병은 꺼내서 눕혀두었다. 그러는 사이에 갑자기 눈이 내렸다. 곳곳에서 눈이라는 단어가 들려왔다. 미주는 휴대폰을 꺼내 언덕 아래로 내리는 눈을 동영상으로 찍었다. 휴대폰 안에 내리는 눈이 실제보다 훨씬 아름답다고 미주는 생각했다.

*

시골집의 문을 열자 병자가 있던 냄새가 훅 끼쳐왔다. 누군가 환기 좀 하자고 말해 집안 곳곳의 문을 열어두었다. 외할아버지가 누워 있던 자리는 말끔하게 치워져 있었다. 그 자리만 장판 색이 연해서 마치 오래도록 자리를 지키고 있던 가구가 사라진 것 같았다. 가족들은 늦은 점심을 먹기 위해 부지런히 움직였다. 불고기를 볶고 시금치를 삶았다. 김치를 대충 썰어 넣어 찌개를 끓였고 두부에 계란물을 입혀 부쳤다. 김장한 지 얼마 안 된 김치를 꺼내 상 한가운데에 올려두고 다들 둘러앉아서 먹었다. 갑자기 엄마가 울었다. 이모들이 엄마를 놀리다가 따라 울었다. 엄마와 이모들은 그렇게 울다가 웃더니 상을 한쪽으로 밀면서 고스톱을 치자고 했다. 그러자 외할머니의 얼굴에 생기가 돌았다. 가족들은 외할아버지의 영정사진을 올려둔 낮은 장 옆에 담요를 펴고 고스톱을 치기 시작했다. 인원이 많아 몇은 구경을 했고 몇은 광을 팔았다. 외할머니가 싼 패를 먹기 전 막냇삼촌은 영정사진을 바라보며 말했다.

—아버지, 웃는 거유 우는 거유. 내가 이 패를 먹을 수 있을 것 같아, 아닐 것 같아.

외할아버지의 표정은 과연 묘했고,

—웃는 걸로 알게.

막냇삼촌은 외할머니가 싼 패를 먹었다. 가족들이 와르르 웃었다. 그뒤로 가족들은 중요한 패를 먹을 때마다 영정사진을 바라보았다. 그들은 외할아버지가 웃는 것처럼 보이면 좋은 패를 먹을 수 있고 우는 것처럼 보이면 실패할 것이라고 정했다. 그러고는 이번엔 아버지가 웃네, 이번엔 아버지가 우네, 하면서 계속해서 패를 돌렸다.

미주의 아버지는 광을 향해 머리를 두고 자고 있었고, 주영은 엎드려서 낙서를 하고 있었다. 재은과 재은의 동생은 보이지 않았다. 사촌오빠들을 배웅하러 나간 모양이었다. 미주는 아버지 옆을 지나 광문을 열었다. 곶감이 주렁주렁 달려 있었다. 그중 하나를 떼서 미주는 앞니로 씹기 시작했다.

*

후에 무덤은 파묘될 것이다. 멧돼지는 자꾸만 무덤을 파헤칠 것이고, 외할머니는 암 투병을 하게 될 것이며, 제사를 지낼 수 있는 유일한 아들인 막냇삼촌은 스님이 될 것이다. 무덤 속은 비워져 주변의 흙과는 조금 다른 색의 흙으로 덮일 것이다. 그러나 오늘의 가족은 그런 사실을 알 리가 없었고, 계속해서 영정사진 옆에서 고스톱을 쳤다. 춘씨댁이 과일을 조금 가져왔다며 노크도 없이 문을 열고 들어왔다. 그러고는 눌러앉아 같이 패를 돌렸다. 과일은 철이 맞지 않아 시큼했다.

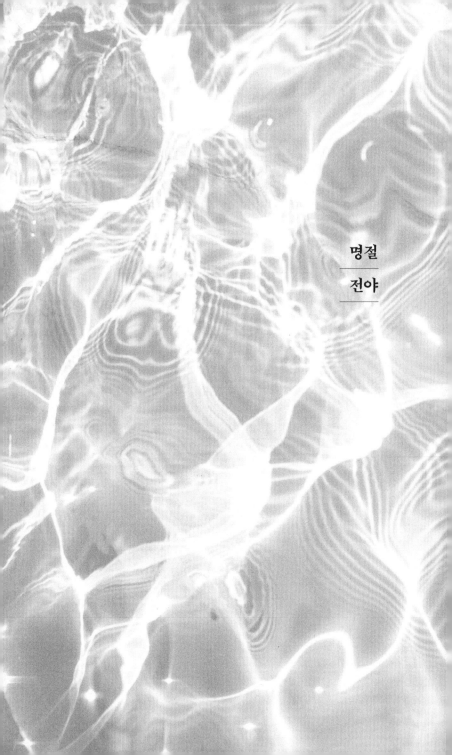

명절
전야

술집 벽에 붙은 명언의 맞춤법이 다 틀려 있었다. 게다가 유행이 지난 형광 분홍 네온사인으로 만들어져 빛나고 있었다. 나는 그 글귀가 적힌 벽 앞에 앉아서 맥주를 시켰다. 머리를 높이 올려 묶은 직원의 목 뒤로 카메라 모양의 문신이 작게 보였다. 이 술집은 막걸리 전문점인데 언제나 맥주가 더 맛있었다. 언제나, 라는 말이 언제까지를 말할 수 있을지는 모르겠다. 그러므로 지금까지는 막걸리보다 맥주가 더 맛있는 집이라고 바꾸어 말한다. 명언 글귀 위에 노란 줄무늬의 거미 한 마리가 매달려 있었다. 예전 같으면 질색했을 테지만 요즘엔 벌레를 봐도 별로 놀라지 않았다.

전원주택으로 이사온 뒤로 이렇게 된 것이었다. 뭘 어떻게 해도 차가운 공기가 흐르는 집과 생전 처음 보는 종류의 벌레들. 전원주택이 이런 공간일 줄은 살기 전에는 몰랐다. 언제나 겪고 나서야 알게 되는 것들. 그리하여 생은 또하나의 의미를 가진다고, 누가 그러지 않았나? 그래도 좋은 점은 있었다. 편의점에서 돈을 덜 쓴다는 것. 나는 네 캔에 만원 하는 수입 맥주를 주로 샀는데, 밤에 그걸 마시다보면 항상 모자라서 도심에 살 때는 담배도 피울 겸 나가서 맥주를 더 사오곤 했다. 전원주택으로 이사를 오고 나서는 그런 당연한 일들이 불가능해졌다. 편의점은 도보로 왕복 한 시간 거리에 있었으니까.

하지만 나는 편의점에서만 돈을 덜 쓸 뿐이지 술은 계속 많이 마셨다. 마트에서 장을 한 번 볼 때면 와인이며 소주를 한 짝씩 샀다. 와인 셀러를 살까 진지하게 고민도 했다. 물론 금전 문제 때문에 사지는 않았다. 통장 잔고만 보면 해결될 걸 뭘 그렇게 진지하게 고민했나 싶다.

어디선가 명절 냄새가 짙게 풍겼다. 아니나 다를까 동생이 고양이를 품에 안고 가게로 들어왔다. 동생의 정수리에서는 언제나 명절 냄새가 났다. 내가 그런 얘기를 하면 동생은 머리를 안 감아서 그런가, 라고 답하곤 했다. 그래도 나는 그애를 껴안고 정수리 냄새를 맡는 걸 좋아했다. 명절 냄새를 풍기며 들어온 동생이 말했다.

―무당거미네.

*

　낮엔 엄마가 집에 왔었다. 엄마는 안으로 들어오자마자 차가 너무 막혀서 죽든지 죽이든지 하고 싶었다는 말을 늘어놓았고 냉장고를 열어 맨손으로 총각김치를 집어먹었다. 오늘 같은 날 굳이 여기까지 올 필요가 있나 싶었지만, 입 밖에 내지는 않았다.

　엄마는 우리가 함께 살던 집에 여전히 살고 있었다. 혼자 지내는 게 괜찮냐고 물었더니 요즘은 친구들을 많이 불러서 재운다고 했다. 혹시나 하는 마음에 친구들을 어디서 재우냐고 다시 물었더니, 내 방에서 재운다고 했다. 나는 결벽증은 없지만 누군가 씻지 않은 채로 내 침대에 올라오는 건 싫어했다. 내 친구들은 그나마 괜찮은데 엄마 친구들이 그러는 건 특히 싫었다. 그렇다고 엄마 친구들이 특별히 더러운 것은 아니었다. 그냥 나는 낯선 것을 싫어하는 걸지도 몰랐다.

　엄마 친구 중 한 명은 소방관이다. 술에 취하면 그는 울었다. 울면서 소방 안전에 대해 설명했다. 태풍이 오기 전날 밤, 나는 취한 엄마를 데리러 술집에 갔다가 그를 봤다. 그는 그때도 울고 있었고, 엄마는 화를 내고 있었다. 하지만 각자 다른 이유 때문에서였다. 그는 나를 보더니 꼭 안아주었다. 그러더니 내가 불쌍해서 울고 있었다고 말했다.

　―제가 왜 불쌍하죠.

―너희 엄마가 불쌍하다고 해서.

―엄마가 저보고 불쌍하대요?

―그래.

―그런데 왜 엄마는 화를 내고 있죠?

―너한테 못해줘서 그렇대.

엄마가 하는 말을 자세히 들어보니 씨발 년, 쳐죽일 년 같은 욕이었다. 나는 엄마를 집으로 데려가기 위해서 엄마에게 팔짱을 끼려고 했지만 엄마는 완강히 거부했다. 그 모습을 보고 소방관은 더 크게 울다가 불현듯 생각난 것처럼 말했다.

―곧 태풍이 온단 말이다. 사람들은 안전에 무감해. 난 그게 너무 답답하고 속상하다. 가지 마라. 가려면 안전교육을 받고 가라.

그는 태풍에 대비해 지켜야 할 수칙들을 급하게 이야기했다. 수칙을 말할 때마다 그의 턱은 점점 구겨졌고 얼굴 아래로 점점 힘이 쏠렸다. 중력이 그에게만 크게 작용하는 것 같았다. 그는 급기야 엎드려서 울기 시작했다. 나는 우는 그를 뒤로하고 엄마를 부축해서 술집을 나섰다. 엄마는 술에 취해 마비된 뇌에서도 온갖 욕을 다 끄집어낼 수 있는 사람이었다. 겨우 엄마를 집까지 끌고 와서 지난한 과정을 거친 뒤에 침대에 눕혔고, 방문을 닫으며 생각했다. 나가 살든지 죽든지 해야겠다고.

그래서 나는 당장에 할 수 있는 일을 택했다. 목을 맬 곳을 찾아 한밤중에 미친듯이 집안 곳곳을 뒤지고 다닌 것이었다. 하지만 우리집엔 목을 매달 곳이 없었다. 그 어떤 곳도 내 몸무게를 버틸 수 없을 듯했다. 그렇게 생각하니 이 집이 정말 태풍에 취약해 보였다. 그래서 나는 창문에 물을 뿌려 신문지를 붙이고 안 쓰는 콘센트를 뽑는 등의 일을 했다. 그사이 동이 터서 그냥 잠이나 자야겠다고 생각하며 방으로 향했다. 그러다 떠올랐다. 동생이 사놓은 간이 철봉이. 나는 그 일이 일어난 뒤 처음으로 동생의 방문을 열었다. 방안의 물건들은 동생이 오늘 아침에 나간 것처럼 모든 게 제자리에 놓여 있었다. 나는 동생의 방문에 조용히 철봉을 설치했다.

어쨌거나 그날 나는 죽지 않았고, 이 지역으로 거처를 옮겼다. 엄마와는 가끔만 만났다. 문득 엄마가 걱정되는 밤도 있었지만, 집으로 친구들을 불러서 술을 마신다고 하니 집에 못 가는 불상사는 없겠지, 생각했다. 멀리 있으니 때때로 안부도 묻는 등 그전보다 사이가 나빠지지 않았다.

그래서 오늘 낮에 엄마를 만났던 것이다. 만나서 우리는 절에 갔다.

*

—무당거미라고? 그런 이름이 어디 있어. 호랑거미겠지.

내가 말하자 동생은 무당거미가 맞는다고 우겼다.

—직업을 벌레에 붙이다니, 이상해.

—맞다니까. 무당 옷 입은 것 같다고 무당거미야.

—그럼 제복 입은 것 같은 거미는 경찰거미나 군인거미냐.

동생은 한숨을 내쉬면서 맥주를 시켰다. 그럼 동물 이름을 붙이는 건 괜찮냐고 중얼거리면서. 동생을 다시 볼 수 있다는 게 꼭 꿈만 같은데, 거미 따위의 이야기나 하는 건 아닌 것 같아서 나는 화제를 돌렸다.

—네 방에 있던 철봉 말야.

—치웠어?

—아니. 거기에 그네를 달았어.

—대체 누가 타는데?

—몰라. 언젠가 집에 아이가 생기면 쓸 수 있겠지.

—엄마는 생리가 끝났고 언니는 남자친구도 없잖아. 우리 집안은 생리가 빨리 끝나는 편이어서 아이를 낳고 싶으면 언니도 서둘러야 한다고.

나는 자초지종을 설명해주었다. 엄마는 취해 잠들고 창문이 미친듯이 흔들리던 태풍 전날 밤에 내가 그 철봉에 목을 맸다고.

—이젠 쓸 사람이 없으니까 철봉도 치워놓고 방문도 닫아두었는데 갑자기 생각이 난 거야. 네가 종종 철봉에 매달려 있던 게.

동생은 철봉에 매달리기만 해도 척추가 펴지는 효과가 있다며 자주 철봉에 매달려 있었다. 그때의 동생의 목소리가 지금도 생생했다. 나는 동생을 가만히 바라보며 말을 이었다.

─그리고 급하게 철봉을 꺼내서 설치하고 스타킹을 철봉에 묶어서 목을 매달았지. 그런데 네가 아무리 매달려도 멀쩡하던 철봉이 문을 타고 스스스스 기어 내려오기 시작한 거야.

바동거리고 있던 나는 안도감과 불안감이 동시에 들었고 눈물과 침이 줄줄 쏟아졌다. 오, 죽어가는 순간에도 감정의 파고는 끝이 없구나, 생각하는데 방바닥에 쿵 하고 떨어지면서 머리에 철봉을 맞았다. 이거 예전에 방영하던 예능 프로그램 같네. 노래를 틀리면 쟁반이 머리 위로 떨어지던 그런 프로그램이 있었지. 그렇게 동생의 방문 앞에 누워 울면서 웃고 있는데 엄마가 방에서 뛰쳐나와 내 옆에 눕더니 나를 껴안고 울었다. 술냄새가 났다. 위장에서 조금 발효가 되었는지 막걸리 냄새에 가까웠다. 엄마는 나를 껴안고 동생 꿈을 꾸고 있었다고 말했다. 꿈에서 걔가 뭐하던데? 내가 묻자 그냥 이 문에서 그네를 탔어, 걔가 어릴 적에 문에 그네를 달아준 적이 있었는데 그걸 타고 있었어, 라고 엄마가 말했다.

─그렇게 된 거야. 엄마 친구 손자가 커서 더이상 안 타는 그네를 받아왔지.

동생은 깔깔깔 웃었다. 웃다가 의자가 뒤로 넘어가지나 않을까 걱정됐지만, 그런 일은 일어나지 않았다. 어느새 우리의 맥주잔은 비어 있었다. 동생은 한 잔 더 마시겠다고 했고, 나도 당연히 더 마신다고 했다. 고양이는 테이블 위에서 골골대며 졸고 있었다. 나는 뭔가 더 이야기해야겠다고 생각했지만 아무 생각도 나지 않

았다. 가게 안의 조명은 점점 어두워지는 것 같았고 동생도 별로 할말이 없어 보여서,

　—맞다. 낮에 엄마랑 절에 다녀왔어.

라고 말했다.

　　　　　　　　　　*

　그날 이후 나는 엄마와 따로 살기 위해 집을 알아보러 다녔는데, 내 수입에 맞는 집은 화장실이 다 밖에 있었다. 그러다 생각난 곳이 있었다. 엄마가 노년을 보낼 생각으로 자신의 고향에 지어둔 집이었다. 서울에서 백팔십오 킬로미터쯤 떨어진 곳에 위치한 그 집은 양옆으로 두 이모의 집이 있는, 이른바 땅콩 주택이었다. 내가 종종 그것을 콩알 주택이라고 부르면 동생이 정정해주곤 했다.

　나로서는 첫 독립이었는데, 말만 독립이지 옆에 이모들을 끼고 사는 것은 엄마랑 사는 것과 별반 다를 게 없었다. 물론 이모들이 엄마처럼 술을 마시는 것은 아니었다. 이모들은 독실한 기독교인으로 술은 입에도 대지 않았다. 두 사람 모두 서울에서 세무 보조로 일하다가 퇴직하고는 이 마을에 있는 작은 회사에서 경리로 일하고 있었다. 평일에는 지상파방송을 챙겨 보다 밤 열시만 되면 잠이 들었고, 토요일엔 잔디를 깎거나 마당을 정돈하며 시간을 보냈다. 일요일에는 말할 것도 없이 손을 잡고 교회에 갔다. 이모

들이 어떤 기도를 하는지는 몰랐지만 한 달에 한 번 하는 가정 예배에 나를 꾸준히 불렀고, 내가 가지 않자 나를 위해 기도하겠다고 했다. 날이 좋을 때는 가끔 밖에 간이 테이블을 펴두고 티타임을 가졌는데, 티타임에는 나도 함께했다. 가정 예배에 가지 않은 것에 대한 사죄의 의미이긴 했지만, 할말이 없어서 구름만 보다가 집에 들어오곤 했다.

이모들은 여자가 담배를 피우는 걸 끔찍이도 싫어했는데, 그 때문에 나는 전자 담배를 구입해야 했고 연초를 피우려면 한밤중에 몰래 뒷마당 구석에 쪼그려앉아서 연기를 최대한 입김처럼 내뱉으며 피워야만 했다. 그래서 이 집으로 이사한 뒤로는 밝은 하늘 아래에서 담배를 피우기 어려워졌고, 나는 저주에 걸린 뱀파이어처럼 밤만 되면 뒷마당을 배회했다.

한번은 이모들이 반찬을 주러 오겠다고 메시지를 보냈다. 그나마 다행인 건 이모들은 방문 전에 연락을 한다는 점이었다. 다행이지 않은 것은 뒷마당에 재떨이가 놓여 있다는 점이었고, 내가 은행 업무를 보러 시내에 나와 있다는 점이었다. 은행 업무고 뭐고 나는 메시지를 받자마자 차에 올라타 속도를 냈고 산밑에 주차를 한 뒤 미친듯이 집을 향해 뛰었다. 목에서 피맛 같은 게 났고, 나는 잠깐 고등학교 때 담배를 피우다 담임에게 걸려 운동장 스무 바퀴를 돌던 날을 생각했다. 그때 그냥 가족들에게 까발려졌어야 했는데 담임이 나를 생각한답시고 가족에게 알리지 않았던 게 오늘의 화를 부른 것이다. 숨을 헉헉대며 집에 이르자 바닥에 놓인 반찬통과 함께 문 앞에 붙어 파닥이는 포스트잇이 보였다.

'오후 예배 늦을 것 같아서 앞에 두고 간다.'

차라리 남자랑 동거를 하다가 들키는 게 낫겠어. 나는 포스트 잇을 접어 주머니에 넣고 마당에 드러누웠다. 밝은 하늘 아래에서 피우는 담배 한 대가 절실했다. 동생과 나는 주말이면 일어나자마자 떡 진 머리를 한 채 아파트 옆 정자에 가서 담배를 피우곤 했다. 동생은 담배 연기로 도넛을 잘 만들었다. 나는 계속 만들어달라고 졸랐고, 동생은 그렇게 긴 시간 흡연을 했으면서 도넛 하나 못 만드냐고 타박했다. 도넛은 태양을 향해 올라갔다. 올라가다가 흩어졌고 이내 사라졌다. 이제 그 시간들은 지났다. 그런 생각을 하며 한참을 누워 있자 숨이 잦아들었다. 등을 툭툭 털고 일어서다가 풀숲에 앉아 있는 치즈 태비 고양이와 눈이 마주쳤다. 고양이는 풀숲 사이에 놓인 낮은 돌에 앉아서 늘어지게 하품을 했다.

—너 이름 담배 할래?

그렇게 나는 마트에 가면 술 외에 고양이 사료도 사오기 시작했다. 이모들은 여자가 담배를 피우는 것만큼이나 고양이를 싫어했다. 그래서 담배는 주로 우리집 뒷마당에 숨어서 내가 이름을 부를 때까지 가만히 있었다. 담배는 밖에서는 자신을 만지는 걸 허락했지만 집마당에서는 내가 자신을 해치기라도 할 것처럼 겁에 질려 몸을 낮췄고 집안에서는 방을 배회했다. 그런 담배를 위해 나는 담배가 집안에 들어와 있을 때면 언제든 나갈 수 있게 뒷마당으로 이어지는 문을 열어둔 채 숨을 죽이고 방에 있었다. 하지만 인간은 결국 화장실을 가거나 물을 마시거나 전화를 받거나 해야 했고, 그러면 담배는 집밖으로 후다닥 나가버렸다. 나는 담배에게 영원히 커다란 들짐승으로 남게 될 것이었다.

*

담배와 네온사인은 잘 어울렸다. 노란색 줄무늬에 형광 분홍빛이 퍼지는 게 마치 전기난로 앞에 있는 것처럼 따뜻해 보였다. 내가 그림을 잘 그렸다면 이런 걸 그렸겠지. 사진을 잘 찍었다면 이런 걸 찍고.

—담배야. 담배야.

—애 이름을 왜 담배로 지었어. 건강한 걸로 좀 짓지.

—그러게. 내가 생각이 짧잖아. 미래를 모르고 살잖아.

동생은 언니가 좀 그렇긴 해, 라면서 웃었다. 손을 뻗자 담배는 내 손 위에 얼굴을 올려두었다. 담배는 소리를 참 안 내는 고양이였다. 가끔은 주둥이가 너무 꾹 다물어져 있어서 서운하기도 했다. 나는 서운함을 담아 말했다.

—정민이 여자친구 생겼더라.

—그래?

—나한테 와서 울면서 얘기하더라고. 울긴 왜 울어.

　—그럴 수도 있지.

　—술도 마시고 왔어.

　—그래? 혼나야겠네.

　정민은 동생의 전 남자친구였다. 고등학생 때부터 알고 지내다가 연인으로 발전한 사이였는데, 동생을 많이 좋아하는 게 느껴졌지만 표현을 잘 안 했다. 그리고 술을 많이 마셨다. 마시면 동생에게 전화를 걸어 자신이 얼마나 동생을 사랑하는지 몇 시간이고 얘기하곤 했다. 동생은 그 전화를 받으면서도 내가 말을 걸면 복화술로 다 대답하곤 했다. 그럴 때면 동생이 마임을 하는 걸 상상했는데 매우 잘 어울렸다. 얼굴에 하얗게 분장을 하고 허공을 더듬는 동생의 모습. 나는 엄마에게 질려 나를 제외한 주정뱅이에게는 냉혹했지만 동생은 안 그런 모양이었다. 그냥 포용의 폭이 넓은 것일까. 동생은 언젠가 일기에 나는 요람이 되고 싶다, 라고 쓴 적이 있었다. 요람은 울지 않을까. 나는 새삼 이런 동생을 두고 금세 다른 여자친구를 사귄 정민에게 서운한 마음이 들었다.

　—뭐 벌써 여자친구를 사귀냐.

　동생은 웃었다. 동생이 참 잘 웃었다는 사실을 새삼 깨달았다. 담배는 동생의 웃음소리에 얼굴을 잠시 들었다가 앞발을 핥고는 얼굴을 다시 내 손 위에 갖다대었다. 나는 내가 살아 있는 짐승인 것을 들키지 않으려고 숨을 죽였다.

*

엄마와 절에 가는 길은 험난했다. 도대체 이런 구석에 있는 절은 어떻게 알고 있는 건지 의문이었다. 건널목이 없는 기찻길을 건너 철조망을 따라 걷자, 방수 페인트가 다 벗어진 집 옥상이 보였다.

─여기야.

─여긴 집이잖아.

─스님이 여기 살아. 법당은 저기.

나는 엄마를 따라 스님이 산다는 집 옥상 계단을 내려가 마당을 가로질렀다. 마당엔 태우다 만 장작과 솥단지 같은 것들이 널브러져 있었다. 마당이 있으면 할일이 많은데, 생각하면서 나는 계속 걸었다. 암자에 다다랐을 때 얼굴을 향해 튀어오른 물 몇 방울을 맞았다. 절 바로 아래는 바다였고, 파도가 암자가 있는 데까지 밀려왔다.

─너 수능 기도 여기서 했어.

─내 수능 기도를 했어?

엄마의 얘기는 이랬다. 그때도 엄마는 생리가 끝나 호르몬이 불균형하다는 것을 빌미로 알코올의존증 초기 증상을 보이며 나와 동생을 집요하게 괴롭혔고, 더군다나 나는 고3이었다. 엄마는 그날도 술을 마시고 집에 들어와 고래고래 소리를 지르고 있었다.

내용은 매우 진부한 것들. 자신을 사랑해주는 사람이 아무도 없고 그렇기 때문에 콱 죽어버리겠다는 것이었다. 하지만 진부한 것들이 오래 살아남은 이유가 있었다. 언제나 잘 먹히는 레퍼토리이기 때문이었다. 엄마는 방에 들어가 문을 잠갔고 동생과 나는 문을 두드리며 울었다. 콱 죽는다는 게 무슨 의미일까. 칼로 콱 찌른다는 것일까, 목을 콱 맨다는 것일까, 베개로 얼굴을 콱 누른다는 것일까. 의성어나 의태어를 남발하지 말라는 작문 선생님의 말에도 이유가 있었다. 사람들의 상상력은 생각보다 대단해서 콱이라는 단어도 각자의 모양새를 가지고 있는 것이다. 동생과 나는 주방에 있는 식칼로 엄마의 방문을 땄다. 엄마는 침대에서 잘 자고 있었다. 동생과 나는 땀에 전 채로 다시 방문을 닫고 나왔다. 다음날 숙취에 시달리는 듯 보이는 엄마가 잔치국수를 끓이더니 말했다.

—나는 떠나야겠어.

—어딜 가, 또.

—죽지 못했으니 떠나야지.

하교해보니 엄마가 만든 국수의 면발이 퉁퉁 불어 있었다. 나는 면을 음식물 쓰레기통에 넣으며, 엄마가 국물만 먹다니 속이 많이 안 좋았구나 생각했다. 엄마는 그날 국수 그릇을 개수대에 덜렁 놓고는 그대로 이 절에 온 것이었다.

—그때 엄마, 그릇도 안 치우고 간 거 알아?

—넌 별걸 다 기억하더라. 어쨌든 그날 이 절에 왔는데 마침

곧 수능인 게 생각나더라고. 그래서 열심히 기도했지. 너 내 덕에 대학 붙은 거야, 알아?

나는 문득 엄마 친구인 소방관을 떠올렸다. 내가 불쌍한가, 생각하면서 산신당에 오르는데, 파도가 넘실대는 절벽 위에 누군가 앉아 있는 게 보였다. 개량한복을 입고 산발한 중년의 여자가 절벽에 놓인 의자에 앉아 담배를 맛있게 피우고 있었다. 여자의 얼굴은 절반이 한낮의 햇살로, 절반은 산의 그림자로 채워져 있었다.

─엄마. 소방관 아저씨랑 사귀어?

─얘가 미쳤나봐. 걔는 엄마 친구 엑스.

─엑스?

─엑스 보이프렌드라고. 근데 엄마가 엄마 친구랑 연 끊었거든.

─왜?

─걔가 근식이 버리고 다른 남자랑 등산 가서.

나는 소방관 아저씨의 이름을 처음으로 알게 되었다.

─엄마도 등산은 가잖아.

─같이 등산 간 남자랑 막걸릿집에서 그렇고 그랬대.

─막걸릿집에서 어떻게 그래.

─그러니까 다들 등돌린 거지. 어떻게 그러냐고.

어떻게 뭘 그랬을까. 그리고 이 얘기에서 엄마 친구가 엄마한테 한 잘못은 뭘까. 엄마는 산신당 앞에서 두리번거리더니 담배를 맛있게 피우던 여자에게 말을 걸었다.

─여기 기와불사 이제 안 해요?

─네.

─왜요?

─이 절 리모델링하거든요.

절도 리모델링을 하는구나. 나는 절을 한번 바라보았다. 이제 이 모습의 절을 보는 것은 마지막이라고 생각하니, 마치 이 절에 추억이라도 있는 사람처럼 쓸쓸해졌다. 여자는 다시 담배를 물었고 엄마는 바다 쪽 난간에 올려진 몇 개의 초를 보더니 불을 붙여도 되느냐고 물었다. 여자가 말없이 고개를 까딱하자 엄마는 옆에 있는 라이터로 초에 불을 붙였다. 라이터엔 레거시모텔이라고 적혀 있었다. 레거시모텔의 라이터를 이 절까지 들고 온 사람은 누굴까. 나는 암자까지 올라오는 파도의 물방울을 또 맞았다.

─그리고 보니 니 동생한테는 아무 기도도 못해줬다.

아래를 보자 바위 사이에 배를 뒤집고 죽은 게들이 많이 보였다. 엄마는 짧게 기도를 올렸다. 그것은 분명 게를 위한 기도는 아니었다.

*

─담배는 어떻게 된 거야?

동생이 물었다.

―담배는 말이지, 며칠 안 보이길래 얘를 찾아 온 뒷산을 쏘다녔어. 그러다가 어느 날 풀숲에서 죽어 있는 걸 발견했어. 자고 있는 줄 알았는데 죽은 거였더라고. 내장이 다 튀어나와서 죽었어. 죽은 지 오래됐는지 내장까지 아주 딱딱했어. 한밤중에 담배 피우러 나갔다가 발견한 거라서 묻어줄 도구가 없었지. 그러다가 이모네 마당에 있는 곡괭이를 발견한 거야. 그걸 가져다가 땅을 파기 시작했어.

　―어딜 팠는데?

　―우리집 뒷산. 사람들이 잘 안 가는 곳인데다가 담배가 은근히 겁이 많아서 나 있을 때만 갔거든. 그런데도 맨날 뒷산을 바라보고 있었어. 뒷산엔 새도 많고 나무도 많고 벌레도 많으니까. 어쨌든 땅을 파려는데 생각보다 땅이 단단하더라. 어둠 속에서 곡괭이가 돌부리에 걸릴 때마다 반짝, 하고 빛이 났어. 그래도 계속 팠어. 울면서. 돌의 파편이 나한테 계속 튀었어. 그래도 계속 팠어. 나중엔 눈물이 그쳤어. 너무 힘들어서. 땀범벅이 되어서 생각했지. 사람은 못 묻겠구나. 구덩이에 담배를 넣었어. 담배가 딱딱해서 구덩이에 맞지 않았어. 어쩔 수 없이 좀 구겨 넣어야 했어. 그때부턴 아무 생각도 들지 않더라고.

　―진작 운동 좀 하랬지.

　―그러게. 내가 생각이 짧잖아. 미래를 모르고 살잖아.

　우리는 이번에는 웃지 않았다. 맥주가 또 떨어져서 나는 한 잔을 더 시켰다. 약간의 졸음이 밀려왔지만 시야는 어느 때보다 선명했다.

—언니야, 비 온다.

비의 그림자가 테이블 조명 아래로 절취선처럼 떨어져 내렸다. 우리는 잠시 창밖을 바라보았다. 아스팔트가 군데군데 검게 얼룩지고 있었다.

*

절을 나와서 엄마와 간 곳은 아귀찜가게였다. 엄마가 아귀찜을 좋아해서 우리 셋의 외식 메뉴는 항상 아귀찜이었다. 언제나 가장 맵게. 엄마가 제일 좋아하는 이 집도 아귀찜이 매운 걸로 유명했다. 엄마 친구는 여기서 아귀찜을 먹다가 삼 초 정도 기절한 적이 있다고도 했다. 주인아주머니는 엄마의 고향 친구로, 우리를 반갑게 맞이하며 자리를 안내해주었다. 우리 외에 손님이 한 테이블 있었는데, 가족으로 보였다. 아마도 할머니와 딸과 손녀인 것 같았다. 그들은 할머니, 엄마, 강아지, 하면서 서로를 불렀다. 나는 아귀찜을 주문하면서 요구르트를 추가했고, 옆 테이블의 할머니도 무언가를 주문하려는지 손을 들었다. 주인아주머니는 우리 쪽에 반찬 접시들을 놓다 말고 그 테이블을 향해 후다닥 달려갔다.

—엄마, 뭐 드릴까.

—사라다 좀 더 줘요. 옥수수가 맛있네.

—엄마 콘샐러드 좋아하시는구나. 많이 드릴게.

아주머니가 할머니를 계속 엄마라 부르니 그의 딸이 웃으며 대꾸했다.

—아니 왜 남의 엄마를 자꾸 엄마라고 불러요.

할머니도 웃고 그의 강아지도 웃었다. 농담인 게 분명했고 아주머니도 따라 웃었는데, 아주머니의 눈에서 눈물이 줄줄 흘렀다.

—어머나, 나 왜 이래. 며칠 전에 엄마가 돌아가셔가지고.

할머니의 딸이 휴지를 뽑아 아주머니에게 건넸다.

—어떡해요. 미안해요.

그렇게 말하면서 아주머니의 어깨를 감쌌다. 할머니는,

—얼마든지 나를 엄마라고 불러요.

라고 말했다. 저 할머니가 이 집에 다시 올까, 생각했고 역시 아주머니에게는 별로 위로가 되는 것 같지 않았지만 아주머니는 씩씩하게 휴지로 눈물을 닦고 코까지 풀었다.

—고마워요, 엄마.

아주머니는 콘샐러드를 테이블에 가져다주고는 주방으로 들어갔다. 가게가 조용해서 아주머니가 코를 훌쩍이는 소리가 다 들렸다. 섣불리 뭘 먹기가 그런 분위기에서도 엄마는 아귀의 뼈를 잘도 발라먹었고, 내게 왜 안 먹느냐고 턱짓까지 해 보였다. 깨작깨작 콩나물이나 주워먹고 있는데 엄마가 소주를 시켰다. 아주머니가 소주를 내왔다. 잔은 세 개였다. 엄마는 물었다.

—왜 연락 안 했어.

—뭐 좋은 일이라고 연락해.

—그래도.

엄마는 아주머니에게 소주를 따라주고는 내게도 권했지만 나는 거절했다. 나를 빤히 바라보던 엄마가 자신의 잔에 소주를 따랐다. 내가 마시지 않아서 잔 하나는 계속 비어 있는 채였다. 쓸쓸하다, 고 나는 생각했고 오늘 쓸쓸하다는 생각을 두 번이나 했어, 라고 또 생각했다. 아주머니는 소주를 획 들이켜고는 말했다.

—자식 묻은 넌한테 부모 묻은 넌이 어떻게 연락해.

사위가 갑자기 고요해졌다. 엄마와 나는 누군가 깨워주길 바라며 가위에 눌려 있는 사람이 된 것 같았다. 엄마가 온 힘을 다해 소주잔을 드는 것을 보았다. 멋대로 움직일 수 없는 꿈속처럼, 마침내 소주가 엄마의 입술을 적시고 나서야 나도 몸에 힘이 풀리는 걸 느꼈다.

—뭐 그런 생각을 해. 인생은 어차피 사고의 연속이야. 사고가 인생이고.

엄마의 개똥 명언이 흘러가고 소주병은 점점 늘어갔다. 그러는 사이 옆 테이블에 있던 가족이 떠났다. 아주머니는 그 테이블을 치우지도 않고 간판 불을 껐다. 그래도 환풍기는 계속 돌아갔다. 돌아가는 것들은 짜증을 유발한다. 왜, 영원한 척하는 거야. 원이라든가 회전이라든가 환생이라든가 하는 것들은. 나는 환풍기를 노려보았다. 술을 마시지 않아서 다행이었다. 아주머니는 내 앞에 모둠 전을 가져다주며 물었다.

—내일 명절인데 너넨 제사 안 지내니.

—저희 할머니가 지내세요. 우린 하루 전날에 해서 이따 저녁에 해요.

—그러냐. 니 동생이 매운 거 참 잘 먹었는데.

—네. 그래서 이거 먹으러 온 거예요.

—너는 잘 못 먹지?

—네. 다 남겼어요.

—니 동생은 참 잘 웃었는데.

—전 잘 울어요.

엄마는 슬슬 욕을 섞어 말하기 시작했고, 나는 또 울었다.

*

나는 고개를 숙이고 말했다.

—예전에 너 EBS 인강 듣다가 울었잖아. 기억나?

—응. 기억나. 중학교 국사였나?

—방에서 인강 듣다가 갑자기 울면서 나와서는 나보고 안아달라고 했었잖아. 근데 그때 내가 놀렸잖아. 그거 미안해.

―그게 왜 미안해. 웃긴 거 맞지.

―내가 최근에 중학교 국사 인강을 들어봤거든. 홍수아이 무덤 맞지? 네가 말해준 것처럼 눈을 감고 들었어. 그러니까 정말 어린 아이를 묻은 사람들이 그 주위에 모여서 국화꽃을 한 송이 한 송이 뿌리는 장면이 눈에 보이더라. 요즘 내가 자꾸 과거로 끌어당겨지는 것 같아. 과거가 선명하게 보여.

―왜 그래. 누구보다 미래를 살 사람이.

―맞아, 맞는데, 내가 미래를 모르고 살잖아.

―그래서 미래를 사는 거야, 언니.

동생이 웃는 모습을 볼 수가 없었다. 나는 계속 무릎만 바라보았다. 무릎 위로도 빗방울 그림자가 떨어지고 있었다. 무의식적으로 빗방울의 개수를 셌다. 여러 번 반복하며 셌다. 끝이 뾰족하지 않은 나뭇가지를 상상했다. 둥글게 구부러지는 것들. 닿아도 아프지 않은 것들. 귀여운 해골 피규어와 못이 박혔는데 웃고 있는 괴물 같은 것들. 무당의 이름을 딴 봉제 인형 거미 같은 것들. 이세계異世界의 것들을. 그리고 마침내 얼굴을 들 수 있었다.

테이블에는 나 혼자였다.

계산을 하기 위해 카운터로 갔다. 직원은 피어싱을 많이 한 남자로 바뀌어 있었다. 나는 그에게

—제사 안 지내요?

라고 물었고 그는,

　—알바해야죠.

라고 말했다. 그렇죠, 알바해야죠, 대꾸하다가 나는 약간 발을 헛디뎠다. 하지만 간신히 중심을 잡을 수 있었다. 나는 그에게 친절한 표정을 지어 보이려고 노력했고, 그는 계산을 하고 카드를 건네주었다.

　술집을 나왔다. 네온사인이 가득했다. 이 동네에는 커다란 장례식장이 있다. 병원 옆도 아닌데, 있다. 지하와 일층은 장례식장으로 쓰고 이층은 전체가 룸살롱이다. 장례식장은 가끔 티브이에서 지역 광고를 하기도 한다. 최고의 장례식장, 상주를 위한 온돌방! 룸살롱 광고는 본 적이 없다. 그럼에도 둘 다 네온 간판을 달고 있었다. 룸살롱 간판이 조금 더 현란했다. 이걸로 티브이 광고를 대체하는 것일지도 몰랐다. 몇 번을 보았지만 너무도 기이한 풍경이었다. 나는 동생에게 이 건물을 소개해주고 싶었다. 이 동네를 같이 걸으면서 편의점이 얼마나 먼지, 집안에 벌레가 얼마나 많은지, 혼자 몰래 담배를 피울 때 얼마나 외로운지 말해주고 싶었다. 담배가 나를 바라볼 때 얼마나 천천히 눈을 깜빡였는지, 우리가 조금 떨어져 앉아서 각자만큼의 햇살이 몸에 와닿을 때, 그때 공기가 얼마나 나른하고 조용했는지를 말해주고 싶었다. 나는 룸살롱 겸 장례식장을 지나며 외쳤다.

─탄생의 행위와 죽음의 행위가 한곳에서!

외치면서 우는 대신 웃었다. 그러고 보면 저곳에 탄생과 죽음의 실재는 없고 행위만 있는 거네. 와하하 웃긴다. 술집 몇 곳에 호박과 박쥐 장식을 해놓은 것이 보였다. 언니 근데 핼러윈도 명절인 거지? 언젠가 동생은 내게 이렇게 물었다. 그게 생각나서 나는 다시 웃었다. 와하하 또 웃다가 넘어졌다. 바닥이 약간 축축하네. 비가 왔었지. 아, 음악이 듣고 싶다. 진혼곡 같은 거. 막 웅장하고 그런 거 있잖아. 집에 가는 길에는 네온사인이 하나도 없네. 나는 전원주택에 사니까, 전원주택에서는 가로등도 내가 켜야 해. 오늘 안 켜고 나왔어. 전원주택이라는 거 진짜 버겁다. 근데 원래 삶이 그렇지, 버거운 거지, 응?

나는 계속 동생에게 말을 걸었고, 대답은 당연히 들리지 않았다. 행인들의 웅성거리는 소리가 들려왔다. 죽기 직전에 가장 마지막까지 살아 있는 게 청력이라고, 누군가 말해준 적이 있었다. 하지만 나는 언제나 살아 있을 것이다. 아니, 언제나라는 말이 언제까지를 말하는지는 불확실하기 때문에 정정하도록 한다. 바닥이 점점 더 축축하게 젖어들고 있었다. 명절 냄새가 났다. 근처에 전집이 있는 것 같았다.

달도 뜨지 않은 명절 전야가 지나고 있었다.

진강이의

엑셴트

진강이가 차를 몰고 도착한 것은 오후 여덟시쯤이었다. 그 차로 말하자면 진강이 아버지가 진강이가 스무 살이 될 적에 친구에게 빌려준 돈 대신 받아온, 이제는 십 년이 다 된 회색 엑센트였다. 나는 진강이를 기다리며 분리수거를 하고 있었다. 마침 오늘이 분리수거를 하는 요일이라 다행이었다. 약속을 기다리며 할일이 있다는 것은 즐거운 일이다. 나는 약속 시간보다 빨리 약속 장소에 가서 기다리는 것을 좋아한다. 하지만 내가 먼저 도착하는 일은 좀처럼 없다. 일부러 그러는 것도 아닌데 매번 늦는다. 약속 시간이 다가오면 왠지 모르게 간단한 일도 하기 힘들어지기 때문이다. 보통은 휴대폰을 쥐고 침대에 모로 누워서 약속이 취소되기만을 기다리는데, 그런 일은 당연히 일어나지 않는다. 결국 나가야 할 시간은 다가오고, 그제야 미뤄두었던 준비를 시작한다. 그러다보면 필히 약속에 늦게 된다. 나는 내가 좋아하는 일조차 할 수 없는 종류의 사람인 것이다.

분리수거를 마치고 담배를 피우려는데 진강이 차가 비상등을 켜고 아파트 입구로 진입했다. 차가 정차하길 기다렸다가 조수석 창문을 살짝 두드렸다. 진강이가 안에서 버튼을 눌렀고, 나는 문을 열었다. 조수석에 앉아 안전벨트를 매며 물었다.

—왜 이렇게 늦게 왔어.

—막힐까봐 퇴근 시간 지나고 왔지.

진강이는 침착해 보였다.

—멀리 가야 하니까.

진강이가 차를 출발시켰고, 나는 담배를 피우지 못한 채로 휴게소까지 가야 한다는 것에 불안을 느꼈다. 진강이의 운전 실력을 못 믿는 것은 아니었다. 다행히 날씨는 좋았다. 날씨가 좋다는 것이 불안을 좀 달래주긴 했다. 조수석에 앉은 사람은 불안해하지 않아야 한댔는데…… 나는 어떤 역할을 수행하는 데에 재능이 없었다.

괜히 미안해져서 서둘러 음악을 틀려고 몸을 움직였다. 진강이 차 오디오에는 블루투스 기능이 없어서 휴대폰으로 음악을 틀려면 무슨 선을 꽂아야 했다. 진강이는 그게 AUX 선이라고 알려줬다. 예전에 쓰던 카세트처럼 생긴 그건 어디 갔냐고 물었더니, 카세트처럼 생긴 그것의 이름은 카팩이라고 했다. 그러고는 같은 음악을 카팩과 AUX로 각각 재생해보라고 했다. 과연 단번에 차이를 알 수 있었다. 그동안은 어떻게 카팩으로 들었지? 어쨌든 이제는 진강이 차를 타면 자연스럽게 그 선을 휴대폰에 연결해서 노래를 틀었다.

그런데 AUX 선은 음질이 좋은 대신 약간의 문제가 있었다. 무슨 이유인지는 모르나, 휴대폰을 충전하면서 음악을 재생할 수는 없었다. 충전을 하면서 음악을 재생하면 소리가 지글지글거렸다. 진강이는 내비게이션 앱을 사용하기 위해 휴대폰을 계속 충전해야 하기 때문에 조수석에 누가 타지 않으면 보통 라디오를 듣는다고 했다. 디제이가 멘트를 할 때면 다른 채널로 돌리는데, 채널을 돌리다가 좋아하는 노래가 나오면 그렇게 기분이 좋다고.

요즘은 이어폰 단자가 없는 휴대폰도 나와서 진강이의 차에서 음악을 틀 수 없는 동승자도 있었다. 그런 사람들이 타면 뭘 하나고 했더니, 그냥 수다, 라고 진강이는 말했다. 나는 수다떠는 데에 재능은 없지만 아직 이어폰 단자가 있는 휴대폰을 쓴다. 오래된 휴대폰을 쓰는 게 진강이에게 도움이 된다는 게 웃겼다. 이렇게 생각하니 아까보다는 기분이 나아졌다. 나는 요새 자주 듣는 노래를 재생했다.

—노래 좋다.

—그치.

진강이의 반응에 갑자기 이 여정이 해볼 만한 일처럼 느껴졌다. 진강이의 고향까지는 사백 킬로 남짓. 차는 고속도로로 진입하고 있었다.

진강이와 여행을 하는 건 이번이 세번째였다. 그런데 진강이도 이번 걸 여행이라고 생각할까? 나는 잠시 진강이의 입장이 되어보려 했지만, 다른 사람의 마음을 가늠하는 건 쉽지 않은 일이었다. 그래도 나로서는 처음 방문하는 도시니까 여행으로 치기로 했다. 진강이와 한 세 번의 여행 중 국내는 이번이 처음이었다. 지난 여행은 두 번 다 동남아로 갔다.

나는 겨울보다 여름을 선호하는 편이라 동남아에 도착하자마자 열심히 돌아다녔다. 가이드북에 나오는 일출 명소를 찾아 평소답지 않게 새벽같이 일어나 강가의 카페에서 죽치고 있기도 했다. 더위에 약한 진강이는 숙소에 남았다. 종일 수영장에 누워 있는 것이야말로 여행의 즐거움이라고 했다. 우리는 저녁이면 숙소에서 만나 맥주를 마시면서 하루를 어떻게 보냈는지 이야기했다. 나는 술이 들어가면 끝없이 마시는 편이므로 항상 편의점에서 맥주를 넉넉히 샀다. 환율을 계산하면서 평소엔 잘 먹지도 않는 과자들도 한가득 담았다. 그렇게 장을 봐서 숙소로 돌아가면 진강이가 과자를 다 비우고, 나는 맥주를 비웠다. 그리고 다음날에는 또 각자의 일정을 보냈다. 나는 가이드북을 따라 거리를 헤매고 진강이는 숙소에 남아 있는 일정.

서울에서도 우리는 각자의 삶을 살았다. 그러니까 자주 보는 편은 아니었다. 나는 울 일이 있을 때마다 진강이에게 전화를 걸었다. 자주 울었으므로 통화는 거의 매일같이 했다. 진강이는 흉볼 사람이 있을 때 나에게 전화를 걸었는데, 어쩐지 그런 이야기들만으로도 우리의 일상은 충분히 공유되었다. 우리는 울고 흉을 보다가 통화를 마쳤고 다시 하루를 살아갔다. 이번 여행을 떠나기 전에도 진강이는 전화를 걸었다. 그러더니 웬일로 애인과 여행을 다녀왔다고 자랑을 했다.

―스파 펜션으로 갔다 왔거든. 애인은 스파 하라고 욕조에 두고 나는 만두를 구웠어. 스파 하고 나오면 놀라게 해주려고 홀딱 벗고 앞치마만 입고 있었지. 근데 만두가 생각보다 오래 구워야 하잖아. 그래서 뚜껑 덮어서 가스레인지에 올려놓고 애인한테 갔다? 역시나 앞치마만 한 거 보고 귀엽다고 해주더라. 그래서 갑자기 불타올랐는데, 애인이 어디서 타는 냄새 안 나냐는 거야.

―내 심장이 타고 있다, 그런 거 아니지?

―그런 말은 중학생도 안 하겠다. 어쨌든 만두가 타서 불이 났더라고. 불 끄려고 나는 물 받고 있는데 그 새끼는 막 도망가더라. 그 와중에 바지도 챙겨 입었더라고. 난 홀딱 벗고 프릴 달린 앞치마만 하고 있었는데.

그 얘기를 깔깔대며 하길래 요즘 잘 지내나 싶었는데, 갑자기 자기 부모님 이야기를 하기 시작했다. 흥……까지는 아니었는데, 아버지가 바람이 난 것 같다고 했다. 그 얘기를 꽤 길게 했는데, 진강이는 몇몇 부분에선 화를 내더니 조금 울었다. 진강이가 쉽게 우는 사람이 아니어서 나는 살짝 당황했다. 그러면서 진강이는 물었다. 이걸 해결하기 위해 고향에 가야 하는데 같이 가줄 수 있냐고. 거기에 간다고 해서 진강이가 뭘 해결할 수 있을 것 같지 않았고, 내가 같이 간다고 도움이 될 것 같지도 않았지만 그냥 알겠다고 했다. 그런 일로 고향에 가는데 좋아하는 음악이 나올 때까지 라디오 채널을 돌려가며 운전을 하는 건 정말 슬플 것 같았기 때문이었다.

　─휴게소 들러야 해?

　진강이가 물었고, 나는 꼭 가야 한다고 대답했다.

　휴게소 주차장이 넓어서 진강이는 매끄럽게 주차를 했다. 나는 바로 흡연 구역으로 향했다. 진강이가 내 뒤통수에 대고 커피를 마시겠냐고 물었는데 나는 화장실을 자주 가는 게 싫어서 안 마시겠다고 했다.

　─그럼 또 휴게소 가면 되지. 뭐 그런 걸로.

　─너 귀찮을까봐 그러지.

　─됐네.

　흡연 구역에 몸을 반만 넣고 담배를 피우고 있는데 진강이가 따뜻한 아메리카노 두 개를 사서 나타났다. 나는 아이스가 아닌 것을 살짝 아쉬워하며 컵을 받아들었다.

─이렇게 추운데 담배가 피우고 싶니?

─그러니까 중독이지.

진강이는 몸을 동동거리며 입김을 후후 내뱉었다. 특유의 과장된 몸짓을 보고 있자니 괜히 마음이 급해져서 나는 빠르게 담배를 피웠다. 엄마로 보이는 여자의 손을 잡고 지나가던 아이가 나를 빤히 바라봤다. 어색해서 손을 흔들어 인사를 했다. 아이는 여자에게,

─엄마, 담배는 나쁜 거지?

라고 말했다. 나는 흔들던 손을 내렸다. 여자는 아이를 차 쪽으로 끌고 갔다. 아이의 아빠로 보이는 남자가 그들을 향해 걸어갔다. 나는 담배를 끄면서 중얼거렸다.

─여긴 흡연 구역의 의미가 없게 지어났네.

우리는 다시 차로 돌아왔다. 음악을 틀려고 보니 휴대폰 배터리가 바닥나 있었다. 충전을 해야 한다고 하자 진강이는 그럼 수다나 떨자고 했다. 할 얘기가 생각나지 않았다. 음악도 틀지 못하고 수다도 떨지 못하다니, 동승자로서 실격이었다. 나는 아무 얘기나 하기 시작했는데, 중간부터는 나도 내가 무슨 얘기를 지껄이고 있는지 몰랐다. 입과 뇌의 연결이 끊긴 것 같았다. 나는 어느새 초등학생 때의 일까지 주절거리고 있었다.

초등학생 때 우리집은 반지하에 살았는데, 내 방 창문은 콘크리트로 반이 막혀 있었다. 나는 평소처럼 그걸 보다가 학습지를 펼쳤다. 학습지에는 앞치마를 한 채 국자를 든 엄마가 서류 가방을 들고 현관에 들어서는 아빠를 맞이하는 모습이 그려져 있었다. 나는 학습지에서 눈을 떼고 엄마가 뭘 하고 있는지 보았다. 엄마는 부엌에 쪼그리고 앉아 있었다. 등을 돌리고 있어서 무얼 하는지는 알 수 없었다. 하지만 그 순간 내가 이것이 아닌 다른 것을 원한다는 걸 깨달았다. 이곳이 아닌 다른 곳이나. 학교에서 정상이라는 단어를 배웠을 때 느꼈던 감정과 비슷한 기분이 들었다. 나는 엄마의 등뒤에 대고 이제 학습지 안 시켜줘도 돼, 라고 말했다. 뭐 이런 이야기였는데, 이야기를 하다 말고 나는 진강이에게 물었다.

—재밌어?

—재밌어. 근데……

—응.

—너는 어릴 때 왜 그렇게 정상이라는 것에 집착했을까?

—그러게. 근데 그러고 나서부터는 오히려 보란듯이 이상하게 굴었어.

—예를 들면?

—……있어, 그냥. 부끄러워지는 일들이.

진강이는 소리 내서 웃었다. 나는 이상하게 굴기 위해 했던 일들을 진강이에게 말할 수 없었다. 그런 이야기를 하면 내가 얼마나 최악의 인간인지 알게 될 테니까. 그때의 나는 주변 사람들에게 상처 주기 위해 나를 괴롭혔다. 그러면서 은근히 주변 사람들을 무시했다. 나를 봐, 너희는 이렇게까지 자신을 망칠 용기가 없지. 그리고 특별하게 보이기 위해서는 뭐든 했다. 정말 무엇이든…… 나는 어떤 사건에서든 나를 피해자의 위치에 두었다. 사람들이 다 보는 데서 우울증 약을 꺼내 먹었다. 담배도 피우기 시작했다. 아무데서나 내가 양성애자라고 말했다. 그게 제일 최악의 행동이었다. 실제로 내가 여자를 만난 적은 한 번뿐이었고, 그나마도 손을 한 번 잡은 것이 다였다. 나는 이런 것들을 어디에도 기록하지 않을 것이다. 술을 마셔도 절대 고백하지 않을 것이다. 그 시절의 나를 아는 사람들의 기억이 지워지기만을 바랄 것이다. 그런데, 기린을 생각하지 말라고 하면 오히려 기린만 생각하게 되듯, 나는 계속 그 시절을 생각하고 있었다. 지금 내 생각이 어디론가 전송될 것 같은 두려움에 휩싸여 있는데, L에게서 메시지가 왔다. 내게 남은 몇 안 되는 친구 중 하나인 L은 내가 답을 잘 안 해도 별로 신경쓰지 않았다. 그 무신경함이랄까 여유로움이 우리 사이를 유지시키고 있었다. 뭐라고 답을 해야 할지 고민하고 있는데, 진강이가 말했다.

—오늘 같이 가자고 한 이유는, 너라면 내 상황을 이해해줄 것 같아서야.

진강이의 말에 입과 뇌가 다시 연결되는 기분이 들었다. 휴대폰

을 든 김에 충전 상태를 보니 백 퍼센트에 가까워져 있었다. 다시 선을 연결해 노래를 틀자 진강이가,

　—이번 선곡은 별로다.

라고 말해서 나는 웃었고, 그러자 오줌이 마려웠다. 나는 다음 휴게소에도 들러야 할 것 같다고 말했다.

　차가 막히지 않아 예상보다 일찍 목적지에 도착할 수 있었다. 진강이의 고향에 온 건 처음이었다. 여행지로 딱히 인기가 있는 동네는 아니었는데, 늦은 시간인데도 거리에는 사람이 꽤 다녔다. 진강이는 여기가 도시에서 제일 번화한 곳이라고 했다. 우리가 예약한 숙소는 번화가 끝에 위치해서 한산한 편이었다. 건물의 폭이 좁아서 주차장이 있을까 싶었는데 건물 뒤편에 큰 주차장이 있었다. 차가 빼곡했다. 차를 세우고 숙소에 들어가 체크인을 한 뒤 우리는 방을 살펴보지도 않고 바로 밖으로 나왔다. 나오자마자 진강이가 말했다.

　—여기가 나름 호텔이라고, 지하 뷔페식당에서 지역 회사들 회식도 많이 하고 그래. 방은 그냥 그렇고.

　나는 뒤돌아서 호텔을 다시 한번 바라보았다. 그런 곳이구나, 하면서 바라보고 있었더니 진강이가 나를 툭툭 쳤다. 우리는 번화가 쪽으로 천천히 걸어내려갔다. 약간 출출했기 때문에 간단히 야식과 맥주를 먹을 만한 곳을 찾아보았다. 지나가는 사람들이 나누

는 대화가 약간 다른 나라의 언어처럼 들려왔다. 그러고 보니 진강이가 사투리를 쓰는 것을 들은 적이 없었다. 스무 살 때까지 이곳에 살았다고 생각할 수 없을 정도로 진강이는 항상 일정한 톤을 유지하며 세련되게 말했다. 말을 빨리 할 때조차 그 톤은 흔들리는 법이 없었다. 진강이가 말했다.

—엑센트 말이야.

—응?

—팔까?

순간 억양을 가리키는 줄 알았다. 하지만 진강이가 말하는 건 자동차였다. 왜 이름을 그렇게 지었을까, 나름의 이유가 다 있겠지, 하는 생각도 잠시,

—우리 아빠가 남한테 뭘 정말 잘 빌려주거든. 이 엑센트도 그래서 받아온 거잖아.

—알지.

—돈으로 받아왔으면 이렇게 낡아서 처치 곤란이지도 않을 텐데.

—확실히 돈은 낡지 않는 법이지.

—뭘 잘 빌려주는 사람의 마음은 뭘까?

—나름의 이유가 다 있겠지.

나는 자동차에 엑센트라는 이름을 붙여준 사람들을 생각하며 대답했다. 그리고 적당히 괜찮아 보이는 맥줏집을 가리켰다.

―저기로 갈까?

―그러자고.

나는 밖에서 담배를 피운 뒤에 들어가겠다고 했다. 벽돌을 무릎 높이까지 쌓아놓은 공간 안에 재떨이가 있었다. 이래서야 흡연 구역의 의미가 있나. 그런 생각을 하다가 진강이 차에 휴대폰을 두고 온 것을 깨달았다. 젊은 취객들이 큰 소리를 내면서 지나갔다. 그중 한 명이 이래서야 되겠냐며 몇 번이나 소리를 질렀다. 일행은 말리지 않고 그걸 보고만 있었다. 담뱃불을 끄고 술집으로 들어가자 진강이는 벌써 메뉴를 골라놓았다고 했다. 벨을 누르고 종업원에게 메뉴를 말하는데 한 남자가 우리 쪽으로 다가왔다. 그러더니 진강이에게,

―딕맨! 오랜만이다!

라고 했다. 딕맨? 나는 진강이를 바라봤다. 표정을 보니 진강이를 부른 게 맞는 것 같았다.

―어. 니 이 시간에 뭐하는데.

진강이의 입에서 낯선 말투가 흘러나왔다. 진강이가 한 말이라고 도저히 믿어지지 않았다.

―회식한다. 옆엔 제수씨가?

진강이가 나를 슬쩍 보고는 그렇다고 했다. 그건 우리 사이에서 이미 합의된 사안이었다. 나는 진강이에게 필요할 때면 언제고 나를 여자친구라고 말해도 된다고 했다. 우리는 얼굴을 맞대고 사진

도 몇 장 찍어두었고 진강이는 그걸 잘 써먹었다. 그래서 나를 여자친구로 소개하는 진강이와 이 남자 사이의 거리감을 바로 짐작할 수 있었다. 남자는 취기로 얼굴이 붉었고 술냄새가 났다. 그는 말끝을 늘이며 나를 향해 말했다.

—우리 딕맨이 잘해줘요?

—네……

—애가 아주 진국이에요. 사나이 중에 사나이. 학교 다닐 때도 유명했어요. 그러니까 별명도……

진강이가 말을 끊었다.

—쓸데없는 소리 하지 말고 들어가봐라.

화가 난 건 아니었지만 말투는 단호했고, 남자도 대충 분위기를 읽었는지 웃으면서 말했다.

—애들 모일 때 좀 나오고 그래라. 한 번을 안 오나.

진강이는 손을 휘휘 저으며 얼른 가보라는 제스처를 취했는데, 그런 제스처를 하는 것도 진강이답지 않아서 나는 그 모습을 멍하니 바라만 봤다. 그사이 맥주와 안주가 나왔다. 남자가 자기 자리로 돌아간 걸 확인한 진강이가 몸을 낮추고 내게 속삭이듯 말했다.

—맥주만 먹고 가자.

나는 끄덕였고, 안주를 거의 다 남긴 채 술집을 나왔다.

우리는 바로 숙소에 들어가지 않고 공원을 잠시 걷기로 했다. 공원에는 우리밖에 없었다. 산책하기에는 추운 날씨인데다 늦은 시간이긴 했다. 술을 한 잔만 마셔서인지 술 생각이 계속 났다. 우리는 공원 가장자리에 있는 달리기 코스를 크게 돌았다. 가로등 불빛 아래로 연기 같은 것이 피어오르고 있었다. 그걸 구경하면서 걸으니 추위도 좀 잊을 수 있었고 술 생각도 덜 나는 것 같았다. 다시 처음 위치로 돌아왔을 때 진강이가 공원 안쪽으로 조금 들어 가보자고 했다. 안쪽엔 숲길이 조성되어 있었다. 나는 진강이의 보폭에 맞춰 천천히 걷다가 문득,

　　—근데 왜 별명이 덕맨이야?

하고 물었다. 진강이는

　　—성이 조씨라서······

라고 말을 흐렸다. 조진강. 조진강. 좆인간. 나는 속으로 몇 번 발음해본 뒤에야 그 이유를 알게 되었다. 나도 모르게 아, 하고 작게 소리를 냈다. 그리고 잠시 진강이를 바라보았다. 진강이가 그 별명을 좋아하는지 싫어하는지 잘 모르겠어서 나는 웃어야 할지 화내야 할지 몰랐다. 우리가 처음 만났을 때 진강이는 성을 말하지 않았다.

　　—난 진강이.

라길래,

　　—진강이.

라고 불렀고 그뒤로도 진강이는 쭉 진강이였다. 그래서일까, 조진 강이라는 이름을 가진 사람과 나는 일면식도 없는 사이 같았다.

조진강은 사투리를 쓰며, 좆이라는 단어로 별명을 지어 부르는 다른 남자들과 함께 여자와의 연애에 대한 이야기를 나누는, 그런 사람일 것 같았다.

숲길을 계속 걷다보니 큰 분수대가 나왔다. 크기도 크기이고 겨울이라 운영을 하지 않아서 언뜻 보면 싱크홀처럼 보이기도 했다. 진강이가 말했다.

—중학교 때 좋아하던 남자애랑 여기에 들어간 적이 있어. 더운 여름이었는데, 하굣길에 마침 여기를 지난 거지. 우리는 바지를 걷고 분수대 안쪽으로 들어갔어. 바지를 말아올렸는데도 물에 다 젖어서 집에 갈 땐 축축했어. 습해서 더 더운 거 알지. 그때의 기억 때문에 나 지금도 여름을 싫어하나.

나는 중학생 진강이를 상상해보았다. 그때도 지금처럼 키가 컸을까. 지금처럼 나긋한 말투였을까. 지금같이 쓸쓸한 표정을 지었을까. 진강이가 숙소로 돌아가자고 했다. 나는 진강이를 한 번 바라보았다. 내가 아는 진강이가 맞았다. 우리는 천천히 공원을 빠져나왔다.

숙소에 들어가기 전에 우리는 편의점에 들러서 네 캔에 만원짜리 수입 맥주와 주전부리를 좀 샀다. 동남아 여행을 갔을 때처럼 많이 담지는 못했다. 안주를 싸올 걸 그랬다는 생각이 들었고, 그런 생각이 드는 것이 조금 슬펐다. 아까워하지 않는 삶을 살고 싶다. 너무 풍족해서 사람도 물건도 막 남기고 다니면 좋겠다. 그리고 뭘 남겼는지 기억도 하지 않는 그런 삶을 살고 싶다. 그런 생각을 하면서 파스타 그림이 그려진 과자 앞에서 서성였다. 내가 평소에 과자를 잘 먹지 않는다는 걸 진강이는 알고 있었는데 그걸 집어들더니,

　─먹어보자.

라고 말했다. 그렇게 말해줘서 고마웠다. 진강이는 계산대 앞에서 내 담배까지 사는 센스를 보였고, 나는 엄지를 치켜들었다. 숙소 입구에서 진강이에게 차 키를 받아 휴대폰을 챙겼다. L에게서 또 메시지가 와 있었다. 내가 고맙다고 보내자 L은 갑자기 웬 지랄, 이라고 다시 빠른 답장을 보내왔다.

　숙소 내부는 예상대로 그냥 그랬다. 작은 침대 두 개가 협탁을 사이에 두고 나란히 놓여 있었는데, 모텔보다는 깔끔했지만 호텔이라기엔 영 별로였다. 나는 편의점에서 사온 물건들을 정리했다. 맥주는 냉장고에 넣고 과자는 화장대에 올려두었다. 살 때와는 달리 별로 과자를 먹고 싶지 않았다. 절제된 소비를 했다고 생각했는데 그러지 못했다. 맥주 한 캔을 들고 오른쪽 침대에 걸터앉았다. 진강이가 티브이를 켜더니 리모컨을 내게 건넸다.

　─보고 있어. 씻고 올게.

　채널을 돌려보았지만 딱히 보고 싶은 프로그램이 없어서 맥주를 계속 마셨더니 취기가 올랐다. 나는 적당히라는 걸 모르고 마

시는 편이었다. 그래서 술을 마실 때는 자제해야 한다는 생각을 했다. 자제해야 한다는 생각을 하기 위해 술을 마시는 것도 아닌데, 계속 마시게 되는 이유는 뭘까. 내 삶에 흐름 같은 게 있다면, 정상의 추구를 지나 이상의 추구도 지나 지금은 어떤 것도 추구하지 않는 걸 추구하는 시기인 게 아닐까. 그래서 자꾸 자제하는 것에 집착하는 것 아닐까.

씻고 나온 진강이가 리모컨을 다시 가져갔다.

—어차피 우리가 원하는 건 안 나와. 아무거나 그냥 틀어놔.

진강이가 선택한 건 각국의 도시를 찾아가 이름난 음식을 먹는 프로그램이었다. 마침 우리가 갔던 동남아의 도시가 나오고 있었다. 진행자는 볶음국수와 맥주를 시킨 뒤 낮은 의자에 쪼그리고 앉아 시청자에게 말을 걸듯 얘기를 이어갔다. 혼자서 말하는 것도 보통 일이 아닐 듯했다. 볶음국수를 보니 약간 출출해져서 파스타 과자를 가져와서 뜯었다.

—웬일로 과자를 다 먹네.

—그러네.

진강이가 침대에 누워서 감자 과자를 달라고 했다. 나는 다시 일어나서 가져다주었다. 볶음국수를 먹는 진행자와 겸상해 먹는 기분이었다. 앞으로 혼자 밥 먹다가 외로운 기분이 들면 이 프로그램을 틀어놔야겠다고 생각했다.

진강이는 어느새 왼쪽 침대에서 잠들었다. 맥주가 부족해 술을 더 사울까 고민하다가 그냥 씻기로 했다. 내일 일찍 일어나 진강이의 아버지를 만나러 가야 할 수도 있으니까. 그런데 나는 아직도 내가 뭘 해야 하는지 몰랐다. 내 상황이라고 이입해보려고 했지만 상상력은 빈곤했다. 생각해보니 타인의 감정에 잘 이입하지 못했던 경우가 자주 있었던 것 같다. 씻고 나와 머리도 말리지 않은 채로 침대에 누웠다.

L에게서 계속 메시지가 와서 중간중간 깼다. L은 새벽까지 술을 마신 모양이었다. 마지막 메시지는 술집 문짝을 부쉈다는 내용이었는데, 나는 자고 일어나서도 한동안 내가 꿈을 꾼 줄 알았다.

진강이는 전화를 받고 깨어났다. 내용을 들어보니 전화를 건 사람은 진강이 어머니인 것 같았다. 시간을 확인하자 오전 아홉시였다. 더 누워 있고 싶었는데 진강이가 지금 출발해야 한다고 했다. 대충 양치와 세수만 하고 나와 우리는 다시 엑센트에 올랐다. 진강이는 내비게이션 앱으로 꿈마을아파트를 검색했다. 어머니로부터 받은 임무가 막중해 보였다.

　―노래 틀까?

　내가 묻자,

　―〈하이웨이 투 헬〉 틀어줘.

라고 했다. 묵직한 기타 사운드가 흘러나왔다. 목적지는 진강이 아버지의 애인으로 추정되는 사람이 살고 있는 아파트였다. 이제는 동승자가 아닌 친구로서의 역할을 수행할 때였다.

　—내가 할 게 있을까?

　진강이는 고개를 저었다.

　—그냥 차에 있어.

　도로 양쪽으로 잎이 다 떨어진 뾰족뾰족한 가로수가 늘어서 있었는데, 앞으로 일어날 일들을 상상해보자니 그 길이 정말 지옥으로 가는 길처럼 보였다.

　그렇게 우리는 낡은 복도식 아파트에 도착했다. 지상 주차장이 세대수에 비해 좁은지 이중 주차를 한 차들이 꽤 많았다. 진강이가 주차하다가 어디를 긁지는 않을지 불안했다.

　—내려서 봐줄까?

　—차에 있어.

　걱정과 달리 운전 경력 십 년 차인 진강이는 좁은 주차 공간에 차를 잘 집어넣었다. 그리고 시동을 끄더니 갑자기 나더러 내리라고 했다.

　—차에 있으라며.

　—일삼공팔 검은색 그랜저 찾아봐.

　그렇게 우리는 구역을 나눠 주차장을 뒤지기 시작했다. 이 도시에 자가용이 없는 사람은 나뿐인가 하는 생각이 들 정도로 정말 차가 많았다. 세단의 생김새가 다 비슷비슷한데다 대부분 검은색이어서, 차를 잘 모르는 나는 번호판만 유심히 보았다. 멀리서 진강이가 손을 높이 들어서 내게 오라는 신호를 보냈다. 그쪽으로 가자 진강이 앞에 일삼공팔 검은색 그랜저가 있었다. 자동차 안을 살펴보니 룸 미러에 은색 묵주가 휘감겨 있었다. 진강이의 어머니가 천주교 신자라고 들었던 것 같았다. 부인이 사준 묵주를 흔들며 애인을 만나러 가는 기분이 어떨지 잘 상상되지 않았다. 나는 상상력이 부족한 편이고, 타인의 감정에 이입을 잘 못하니까.

진강이가 자동차 앞에 서서 몇 번이나 전화를 걸었지만 아버지는 받지 않았다. 그냥 돌아가는 게 나을 듯싶었는데 갑자기 진강이가 휴대폰에 대고 소리를 질렀다.

—나 꿈마을아파트에 있어.

나는 주차장 맞은편 아파트를 바라보았다. 복도가 정말 길었다. 한 층에 몇 개의 현관문이 있는지 세어보는데, 러닝셔츠 차림의 남자가 문을 열고 나오더니 우리를 내려봤다. 진강이는 전화를 끊고 손톱을 물어뜯었다. 그러더니 문득 생각이 난 것처럼 내게 차 키를 건네고는 차에 들어가 있으라고 했다. 우리를 내려보던 남자가 복도 끝 계단 쪽으로 걸어가는 게 보였다.

나는 차 안에 앉아 진강이가 서 있는 쪽을 흘끗흘끗 쳐다보았다. 왠지 대놓고 보는 건 좀 아닌 것 같아서였다. 아파트 입구에서 남자가 진강이를 향해 허겁지겁 달려나왔다. 진강이 아버지 같았는데, 여태까지 진강이에게 들었던 것과 다르게 너무나 평범한 인상이었다. 몇 번을 마주쳐도 기억에 남지 않을 듯했다. 남자는 잔

뚝 주눅이 든 표정으로 진강이를 바라보았고 진강이는 뭐라고 소리를 질렀는데, 그때마다 남자는 점점 고개를 숙였다. 그의 얼굴이 발끝을 향했을 때 어깨가 약간 들썩이는 것을 보았다. 남자는 천천히 진강이의 손을 잡았다. 손을 잡힌 진강이는 더이상 소리를 지르지 않았다. 두 사람은 그렇게 차들로 빼곡한 오전 열한시의 주차장에서 손을 잡고 짧은 대화를 나눴다. 남자가 다시 아파트 입구로 걸어갔고, 진강이는 이쪽으로 걸어왔다. 나는 얼른 고개를 숙이고 휴대폰을 보는 척했다.

진강이가 차문을 열자 찬 공기가 순식간에 안으로 들어왔다. 진강이는 차에 시동을 걸고 내비게이션을 켰다. 운전 십 년 차여도 내비게이션 없이는 아무데도 못 간다는 게, 그냥 이 순간엔 좀 웃겼다. 웃으면 안 되는데 자꾸 웃음이 나와서 나는 그냥 눈을 감아버렸다. 진강이는 조용히 한마디했다.

—미친 것. 웃기냐.

갑자기 그 말에 참을 수 없이 웃음이 터져버렸다. 어쩌지, 어쩌지, 생각하면서도 계속 웃었다. 차는 아파트를 빠져나와 고속도로로 진입했다. 진강이가 말했다.

—사실 이렇게 올 일도 아니었는데. 와서 바뀌는 것도 없잖아.

—응.

나는 찔끔 나온 눈물을 닦으면서 대답했다.

—같이 욕해줘.

우리는 밤에 전화해서 이야기를 할 때처럼 실컷 부모 흉을 보았다. 부모 흉은 봐도 봐도 끝이 없었다. 정말 자식은 낳지 말아야겠고 다짐했다.

—헌신하고 싶대. 이젠 하다 하다 자기 인생을 빌려주려나봐.

빌려줄 게 따로 있지, 라고 말할까, 나름의 이유가 다 있겠지, 라고 말할까 고민하던 차에 진강이가,

—아, 맞다. 차에 쟤는 누구냐길래 여자친구라고 했어.

라고 했고 그 와중에도 거짓말을 한 진강이가 대단하게 느껴졌다.

—여자친구 데리고 아버지 불륜 현장 잡으러 오는 애가 있을까?

내 물음에 진강이는,

—몰라. 그냥 극적으로 보이려고.

라고 대답했다. 진강이의 인생에도 내 인생에도 학습지에 나오는 가정을 꾸리는 일은 없을 것이라고 확신했다. 진강이는 진강이 나름의 이유가 있고, 나는 어떤 역할을 수행하는 데에 재능이 없으니까. 그래도 동승자로서의 역할은 꽤 하는 것 같아서,

—음악 틀까?

라고 말했더니 진강이가 웬일로 라디오나 듣자고 했다. 나는 이 도시의 라디오 주파수를 검색했다. 검색 결과대로 주파수를 맞추려는데 좀처럼 주파수가 잡히지 않아서 우리는 결국 수다나 떨기로 했다.

―있잖아. L이 술집 문짝을 부쉈대.

―걔도 참 정상은 아니야.

진강이가 말했고 우리는 L을 흉보기 시작했다. 서울까지는 다시 사백 킬로 남짓. 나는 가까운 휴게소에 꼭 들러야 한다고 말했다.

삼십 분
———
속성
———
플라멩코

바르셀로나에 갈 거라고 말했을 때 m은 내게 가우디 평전을 사주었다. 여행 서적도 아니고 웬 평전이냐고 물었더니, 바르셀로나에 가려면 여행 서적보다는 이걸 읽는 편이 좋을 거라고 했다. 나는 그것을 여행에서 돌아와서야 읽을 수 있었다.

*

출근해 메일함을 열었을 때 나는 다수의 스팸 메일 속에서 수신인이 오직 나뿐인 두 통의 메일을 확인할 수 있었다. 하나는 예전에는 남자친구였지만 지금은 아닌 남자에게서 온 것이었고, 다른하나는 존에게서 온 것이었다. 이 년 전 존에게 메일 주소를 알려주었지만 연락이 없어, 이대로 그저 추억 속에나 존재하는 사람이 되겠거니 생각하고 있었으므로 존의 메일은 의외였다. 메일엔 자신이 곧 '환갑'을 맞아 생일 파티를 열 예정인데 혹시 자신이 있는 도시로 와줄 수 있느냐는 내용이 적혀 있었다. 물론 못 갈 확률이 압도적으로 높았고 우리가 생일 파티에 서로를 초대할 만한 사이인가 하는 생각도 들었지만, 나는 영어 사전 사이트 창을 닫았다 열길 반복했다.

*

존을 만난 것은 이 년 전, 바르셀로나 플라멩코 공연장에서였다. 바르셀로나는 유럽 여행의 마지막 도시였다. 당시 나는 유명 보험사에서 사무 보조 아르바이트를 하는 중이었고, 계약 만료를 앞두고 있었다. 육 개월씩 두 번 계약을 한 후에는 같은 부서에서 일할 수 없다는 사규 때문에 한동안 긴 휴식이 예정되어 있었다. 이 기간에 뭘 해야 할지 생각하다가 나는 유럽 여행을 가기로 했다. 다른 이유는 없었고 앞으로 이렇게 오래 쉴 수 있는 날이 오지 않을 것 같았기 때문이었다. 그런 이유로 유럽에 간다고 했을 때 친구들의 반응은 엇갈렸다. 부러워하거나 자신이 가봤던 곳을 추천하는 친구들이 있는 반면, 유럽은 드는 돈에 비해 좋지 않은 여행지라고 말하는 친구들도 있었다. 남자친구는 함께 가지 못해서 미안하다며 자물쇠가 달린 캐리어를 선물했고 여행자 보험도 알아봐주었다. 남자친구는 대리 진급을 앞둔 오 년 차 회사원이었다.

그는 나와 만날 때마다 자신이 느끼는 불안감을 토로했다. 그를 불안하게 만드는 것은 적금과 보험료와 부동산에 관한 문제들이었다. 그는 급기야 불면증에 시달리기까지 했다. 함께 밤을 보낼 때, 나는 그가 뒤척이며 내뱉는 한숨을 들었다. 그 한숨이 너무나 깊은 곳에서 나온 것 같아서 나는 그의 일부가 사라지는 것은 아닌지 걱정할 정도였다.

사실 불안해야 하는 사람은 계약이 연장되지 않을 수도 있는 나였는데, 나는 전혀 그렇지 않았다. 언제나 내 밑바닥에는 그냥 이대로도 얼마든지 살아갈 수 있다는 생각이 있었다. 미래는 명확하지 않았고, 나는 명확하지 않은 것과는 늘 거리가 있는 편이었다. 나는 어떤 보험도 적금도 들지 않았다. 모두가 삶의 목표를 가지고 사는 것은 아니니까. 이 생각은 여행을 다녀온 지금도 변하지 않았다. 그저 현재의 상태에 만족하며 사는 사람도 있는 것이다. 남들이 먹는 것을 먹고 남들이 보는 티브이 프로그램을 보며 남들이 가본 여행지만 가는 사람. 나는 살면서 스스로 무언가를 찾아서 해야겠다거나, 해내야겠다는 생각을 한 적이 한 번도 없었다.

그에 반해 남자친구는 고등학생 땐 연극부에 들어가 희곡을 썼고 대학에서는 시를 쓰고 영화 이론을 공부했다. 한동안 낚시에 빠져 지내기도 했고 프라모델을 조립하거나 맛집 블로그를 운영하기도 했다. 취직 준비를 하던 일 년을 제외하고 남자친구는 늘 무언가에 몰두해 있었다.

　—왜 그렇게 매번 새로운 취미를 찾는 거야?

라고 물으면

　—이 삶이 아닌 다른 삶으로 갈 수 있지 않을까 해서.

라고 답했다. 남자친구는 내 물음에 늘 그렇게 말했다.

　여행 준비랄 건 따로 없었다. 거창하게 생각해왔는데 사실 돈만 넉넉하다면 언제든 떠날 수 있는 것이 여행이었다. 여권 발급과 항공권 결제를 마치자 할일의 대부분이 끝나 있었다. m이 가우디 평전을 들고 온 것은 그때쯤이었다.

*

　m에 대해서 말해야겠다. 그는 나와 남자친구가 가입한 대학 동아리의 후배였다. 영화 이론 동아리였는데 선배들이 졸업하면서 어쩌다보니 우리 셋만 남았다. 우리는 영화 이론서는 들춰보지도 않았고 영화를 보러 가지도 않았다. 그냥 이십대가 할 만한 것들을 하며 지냈다. 예를 들자면 자취방에서 밤새 술을 마시거나, 누구 하나가 실연해 울면 노래방에 가거나 하는 평범한 일들. 그때는 남자친구도 머리만 대면 잠들었고, 아무런 걱정 없이 지내던 시절이었다.

m의 단점은 단 하나였다. 어마어마하게 재미없는 농담을 한다는 것. 사람들은 m이 농담을 던질 때마다 얇게 얼어붙은 호수 위에 불시착하는 기분을 느껴야 했다. m의 농담은 기본이 말장난이었는데, 낯선 사람을 만나면 왜인지 그 강도가 더 심해졌다. 어쩔 때는 음담패설과 욕설 없이는 문장을 이어갈 수 없는 사람처럼 보였다. 그래서 m이 모임에 참석하면 그 자리의 모두가 어색함과 불편함에 맥주를 연거푸 마셨고, 모임은 만취한 사람들로 아수라장이 되기 일쑤였다.

그렇지만 m은 괜찮은 사람이었다. 지식이 풍부했고, 가끔은 예리한 통찰력을 빛내기도 했으며, 진심이 느껴지는 격려를 잘했다. 그 망할 농담만 견딜 수 있다면 m은 알수록 괜찮은 사람이었다. 그러나 그를 처음 만난 자리에서 그따위 농담을 참아가며 대화를 이어갈 사람은 드물었으므로, m의 주변엔 새로 사귄 친구들보단 오래된 친구들이 많았다. 어쩌면 m이 가장 마지막으로 사귄 친구는 나일지도 모른다.

*

몇 개의 도시를 지나 바르셀로나에 도착했을 때 나는 완전히 녹초가 되어 있었다. 그전 여행지에서 대중교통이 파업한 사실을 몰라 공항에 제시간에 가지 못하는 바람에 저가 항공을 두 번이나 놓쳤다. 처음에는 낯선 공간에 있다는 사실에 마냥 즐거웠지만, 한 달쯤 되니 결국 그곳이 그곳 같았다. 그리고 나는 사람을 사귀는 데에 재능이 없었다. 짧은 시간에 내가 누군가를 사로잡는 일은 거의 불가능에 가깝다는 사실을 새삼 깨달았다.

여행의 피로가 쌓이면 쌓일수록 바르셀로나를 약속의 땅처럼 생각하게 되었다. m의 조언에 따라 일일 투어를 예약한 것 외에 바르셀로나에서 할일은 아무것도 없었다. 그곳에 가면 그냥 쉬기만 해야지, 라고 계속 되뇌었다.

그리고 그곳에서 존을 만났다.

나는 바르셀로나에 도착해 원하던 대로 푹 쉬었고 삼 일째 되는 날, 예약해둔 투어 프로그램에 참가했다. 아침에 람블라스 거리에 모인 뒤 지하철과 버스를 이용해 돌아다니며 가우디의 건축물을 보는 워킹 투어였다. 가이드는 이십대 중반 정도로 보이는 남자였다. 샌들에 백팩을 멘 간편한 차림과 적당히 그을린 피부는 남자가 이 도시에 살고 있음을 짐작하게 했다. 여행 내내 나는 어느 곳에서건 임시로 머무르는 상태였으므로 그가 부러웠고, 이제 그만 집으로 돌아가고 싶다는 생각을 했다. 그는 사람들이 다 모이자 무전기를 나눠주었다. 이어폰을 귀에 꽂으니 그의 목소리가 가까이에서 들려왔다. 그는 자신이 이곳에서 살게 된 사연에 대해 얘기했다.

—삼 년 동안 세계 여행을 했는데 이곳이 마지막 도시였어요.

그리고 카탈루냐광장에 도착하는 순간 아예 눌러앉을 결심을 했답니다.

그의 안내에 따라 투어가 시작됐다. 보케리아 시장을 지나 가우디가 디자인했다는 가로등을 보는 것이 맨 처음 일정이었다. 그는 사람들이 지루하지 않도록 음악을 틀거나 자신의 경험담을 곁들이며 중간중간 설명을 했다. 보케리아 시장에 가기 위해 람블라스 거리를 지나가는데, 그가 거리에 깔린 타일을 가리키며 이것을 만든 사람이 호안 미로라는 걸 아느냐고 물었다.

—잘 찾아보면 호안 미로의 사인이 있는 타일이 있어요.

그 말에 사람들이 바닥을 두리번거렸다. 호안 미로의 사인이 적힌 타일을 찾은 사람들은 같은 자리에 서서 사인과 자신의 신발이 함께 나오도록 사진을 찍었다.

오전에는 약간 쌀쌀했는데 정오가 가까워지자 정신이 아득할 정도로 강한 빛이 쏟아졌다. 한 커플은 점심을 먹고 돌아오더니 투어를 포기하겠다고 말했다. 커플을 제외한 나머지 사람들은 가이드를 따라 구엘공원과 성가족성당을 둘러봤다. 나는 공원에서 m에게 줄 도마뱀 모형을 샀다.

투어가 끝날 때쯤 가이드는 맛집 몇 군데를 알려주고는 생각났다는 듯이 근처에 플라멩코 공연장이 있다고 했다. 플라멩코의 절정 부분만 삼십 분 분량으로 압축해서 보여주는 곳이 있다는 것이었다.

—원래 공연 시간은 어느 정돈데요?

　누군가 묻자 가이드는 네 시간이 넘는다고 말했다. 그러고 야간 투어는 무료라는 말을 덧붙이며 투어를 종료했다.

*

　투어 내내 걸었더니 피곤이 몰려와서 나는 플라멩코 공연장에 가지 않고 곧장 숙소로 향했다. 숙소에는 전날 머물렀던 대학생들이 떠나고 새로운 여자애가 들어와 짐을 풀고 있었다. 여자애는 짐을 정리하면서 계속 뭐라고 중얼거렸는데, 그게 나와 대화를 나누고 싶다는 뜻인지 뭔지 애매해서 나는 잠시 거실에 앉아 비치된 차를 마셨다. 다시 방문을 열고 들어섰을 때도 여자애는 에너지가 넘쳐 보였고 결국은 내게 이것저것 묻기 시작했다. 그러더니,

　—플라멩코 봤어요?

라고 물었다. 아직 보지 않았다고 했더니 그럼 함께 보러 가는 게 어떻겠냐고 했다. 그러면서 설명하길, 여행을 하다가 한번은 스타벅스에 앉아 있었는데 어느샌가 휴대폰이 사라져버렸고, 그뒤로는 혼자 이동하는 게 불안하다는 것이었다. 여자애는 스물세 살이었고 체코에서 유학중이라고 했다.

　—친구랑 같이 여행하기로 했는데 친구가 갑자기 인턴을 하게 됐대요. 그래서 혼자 오게 됐어요.

여자애는 처음 만난 사람에게도 친근하게 대할 줄 알았고 한 시간 뒤 나는 여자애와 함께 플라멩코 공연장으로 갔다. 공연장 내부는 좁고 어두웠다. 붉은 조명 아래 작은 무대와 간이의자들, 그리고 스탠드가 보였다.

네 시간짜리 공연을 삼십 분으로 압축해서인지 공연은 시작부터 휘몰아쳤다. 눈동자와 머리카락이 새까만 여자가 격정적인 노래를 불렀다. 남자도 마찬가지였다. 발을 구르고 소리쳤다. 금방이라도 울음을 터뜨리지 않을까 싶을 정도로 감정이 과잉되어 있었다. 그렇다보니 몰입이 힘들었는데 옆을 보니 여자애는 한껏 감동받은 표정으로 무대를 바라보고 있었다. 그 순간 나 혼자만 이무대에서 점점 멀어지고 있는 듯한 어떤 이질감을 느꼈다. 나는 플라멩코와는 어울리지 않는 사람이었다. 뭐랄까, 애초에 격정이 부재하는 사람이라고나 할까.

무대가 끝나자 라틴계의 중년 여자가 일어나서 박수를 쳤다.

—그라시아스, 그라시아스.

여자애는 내게 술을 사겠다고 했다. 아, 술은 즐기지 않는데, 라는 말이 입안에 맴돌았지만 여자애의 손에 이끌려 스탠드로 갔다. 그곳에 존이 있었다. 존이 나에게 말을 걸었을 때 나는 당황했다.

—열다섯 살쯤인가?

나는 얼굴이 달아오르는 것을 느꼈지만 못 알아들은 척했다. 어쩌면 내 영어 실력이 형편없어서 잘못 들은 건 아닐까, 라는 생각

도 했다. 나는 구원의 눈초리를 보냈지만 여자애는 바텐더와 수다를 떨고 있었다. 존은 또 나를 힐끗 보더니

—농담.

이라고 말했다. 나는 순간 아, m과 닮았다, 하고 생각했다. 그는 자신이 아까 공연에서 기타를 쳤던 사람이라고 말했다. 나는 고개를 끄덕였고 더이상 대화는 이어지지 않았다. 멀뚱히 앉아 있는 나와 달리 여자애는 바텐더와 오래전부터 알고 지낸 친구처럼 까르르 웃었다. 그러더니 나에게 바텐더의 집에서 공연 뒤풀이를 하는데 함께 가자고 했다. 유럽의 치안이 좋지 않다는 얘기를 듣고 해가 진 뒤에는 최대한 숙소에만 틀어박혀 지내던 나였지만 이번에도 나는 여자애의 손에 이끌려 바텐더의 아파트로 갔다. 바텐더의 집은 작은 침실과 부엌, 그리고 넓은 거실로 이루어진 구조였다.

바텐더는 음악을 틀었다. 나는 작은 간이 소파에 앉아 분위기를 살폈다. 소파 곳곳엔 담뱃재가 떨어져서 생긴 구멍이 여러 개 있었다. 거기에 손가락을 넣었다 뺐다 하는데 존이 내게 말을 걸었다.

—얼마나 여행했지?

—한 달.

—즐거웠나?

—잘 모르겠다. 이동의 연속이었다.

—여행이란 원래 그렇게 소문 같은 것이지.

라고 말하고 존은 크게 웃었다. 나는 내가 잘못 알아들은 게 아닐

까 싶어서 소문과 비슷한 단어를 떠올려봤지만 그런 건 아닌 듯했다. 존은 미국에서 왔다고 했다.

—아주 낯선 도시에 살고 싶었거든.

—아주 낯선 곳? 그런데 왜 하필 바르셀로나지? 낯선 곳을 원하는 사람들은 주로 인도나 네팔에 가던데.

—거긴 너무 젠을 찾으러 떠나는 것 같잖아. 그리고 미국인은 어쩔 수 없어. 어디에 있든 위화감이 별로 없는 인종이란 말이야.

나는 존의 얼굴을 살폈다. 눈가에 깊은 주름들이 파여 있었고 머리카락과 수염은 희끗희끗했다. 나는 물었다.

—나이가?

—쉰아홉.

나는, 너는 곧 있으면 환갑이다, 라고 말하고 싶었지만 그저 짧은 영어로 곧 육십번째 생일이 오겠네, 라고밖에 표현할 수 없었다. 그리고 나는 서둘러 한국에는 육십 살이 되면 과거의 운명이 돌아온다는 설이 있다고 덧붙였다. 존이 눈을 빛냈다.

—그렇다면 그 나라에서 미래라는 건 영원히 오지 않는 건가.

존은 내게 환갑에 대해 몇 가지를 더 물어보았다. 우리는 끊어질 듯 끊어지지 않는 대화를 간신히 이어갔다. 나는 뒤풀이에 온 다른 사람들을 보았다. 모두 이곳이 자신의 자리인 것처럼 편해 보였다. 나는 플라멩코 공연을 볼 때와 마찬가지로 불편함을 느꼈다. 그때 존이 말했다.

─만일 육십 년 전의 운명이 돌아온다면, 그리고 내가 그전의 인생을 기억하고 있다면, 그때는 더 잘할 수 있는 건가? 하지만 육십 년 전의 일 따위 어떤 기억도 없단 말이야. 고작 울면서 엄마젖이나 먹던 때였는데 무슨 일이 있었는지 알 게 뭐야.

나는 약간 취했다. 그 때문에 우리는 더 이야기를 했고, 메일 주소를 교환했다. 그는 자신의 인생이 어떻게 돌아오는지 지켜보고 내게 연락을 주겠다고 했다. 하지만 우리가 메일을 주고받을 리 없다고 여겼다.

해가 뜰 무렵 나는 여자애와 함께 숙소에 돌아왔다. 그리고 떠나는 날까지 여자애와 피카소미술관에 가거나 고딕 지구를 쏘다니며 지냈다. 우리가 가는 어디든 다른 여행지와 마찬가지로 한국인 관광객이 가득했다.

*

m이 제일 가보고 싶어한 곳은 성가족성당이었다. 여행에서 돌아와 그가 선물한 가우디 평전을 펼쳤을 때야 그 사실을 눈치채긴 했지만. 책에는 밑줄이 참 많이도 그어져 있었는데, 성가족성당이 등장할 때는 유난스럽게 별표까지 쳐져 있었던 것이다.

성가족성당은 유럽의 다른 건축물들에 비해 기이하긴 했다. 가이드의 안내에 따라 도착해 마주한 성당은 성당이라기엔 외관이 너무도 악마적이었다. 외벽은 군데군데 구멍이 뚫린 듯 보였고 진흙이 덕지덕지 붙어 곧 흘러내릴 것 같았다. 어떤 동상이 천사인지 알아보기도 힘들었다. 성당 입구에서 누군가 내게 사진을 찍어달라고 해서 우리는 서로의 사진을 찍어줬다. 손을 꼭 잡은 어린 커플이 가우디는 고딕 덕후 같아, 하고 싱그럽게 웃으며 안으로 들어갔다. 안에 들어가서 나는 한번 더 놀랐다. 다른 성당들의 어두침침한 내부와는 다르게 다채로운 빛이 쏟아져 들어왔던 것이다. 다채롭다는 말로밖에 표현할 수 없을 정도로, 빛에 이렇게 많은 색이 존재하는구나, 하고 느꼈다. 나는 말없이 의자에 앉아 빛을 쬐었다. 그때 이어폰을 통해 가이드의 목소리가 들려왔다.

─빛…… 그거 참 아름답지.

공기는 아득했고 먼지는 부유하고 있었다.

─가우디가 죽기 전에 남긴 말입니다. 자, 고개를 들어보세요. 잎사귀 모양의 둥근 천장이 보이세요? 가우디가 저기에 전구를 연결하면 빛이 퍼지도록 설계를 했대요. 전기가 없던 시절에 전기의 탄생을 예측하고 이런 설계를 해낸 거죠.

m이 그곳에 갔더라면 좋았을 텐데, 하고 나는 여행에서 돌아와 내내 생각했다. 평전에 실린 가우디의 건축물 사진들은 모두 흑백이었으니까.

*

귀국 전날 밤 나는 m의 부고를 들었다.

—교통사고였어.

남자친구는 말했다. 평소처럼 출근하기 위해 차를 끌고 나갔다가 집에서 십 분 정도 떨어진 곳에서 사고가 났다고 했다.

—뇌사 판정을 받았대.

그렇게 말하는 목소리가 비현실적이라 나는 전화를 끊고 휴대폰으로 뇌사라는 단어를 검색해보았다. 뇌사는 식물인간 상태와는 다른 것이다, 회복될 수 없다, 라고 적혀 있었다. 나는 회복이라는 단어를 검색했다. '원래의 상태를 되찾음.' 나는 다시 뇌사를 검색했다.

그 아래에 사진이 하나 있었는데, 뇌사 상태의 뇌혈류를 찍은 것이라는 설명이 적혀 있었다. 그건 마치 비행기에서 내려다본 어떤 도시의 야경 같았다. 중앙에 전기가 들어오지 않는 거대한 숲이 있는 도시.

내가 캐리어에 짐을 챙기는 동안 여자애는 내 옆에 쪼그리고 앉아 계속 조잘댔다. 여자애는 어디서든 금세 친구를 만들 수 있을 듯한 사람이었고, 어디에 있든 어울리는 캐릭터였다. 그 점이 마치 미국인 같다고 나는 생각했다.

—언니, 저 방학하고 한국에 가면 우리 만나요.

그 얘기를 듣고 내가 조금 울어버려서, 여자애는 나를 안아주었다. 여자애가 날 안아주는 모습도 자연스러워서 편하게 더 울어보려 했으나 그게 끝이었다.

공항 리무진을 타기 위해 새벽에 일어났을 때 숙소는 캄캄했다. 여자애는 이층 침대에서 곤히 잠자고 있었다. 딱히 배웅을 바란 것은 아니었지만 우리가 한국에서 만나지 않을 것임은 분명했다. 공항으로 가는 길은 어느 도시나 비슷비슷했다. 나는 매우 피곤했고 이제 이런 이동은 지쳤어, 라고 생각했다.

비행기에서 내려 공항에 도착하자마자 나는 화장실에 들러 검은색 옷으로 갈아입고 장례식장으로 향했다. 여행할 때보다 더 먼 곳에 도착한 기분이었다. m의 어머니가 빈소를 지키고 있었다. 어머니는 내 손을 잡고 말했다. 마지막에도 m은 웃고 있었다고. 그래서 원래는 접착제로 눈과 입을 붙여야 하는데 입은 그대로 놔두기로 했다고. 차에 치이는 그 순간에도 m은 친구들에게 말해줄 재밌는 농담이 생겼다 여기며 웃은 걸까. 어머니는 그 얘기를 하면서 약간 울먹였다. 나는 m의 농담 중 그것이 제일 최악이라고 생각했다.

*

m에 대해 다시 말해야겠다. m은 악질 농담을 던질 때마다 그

건 그냥 말일 뿐이라고 했다. 말일 뿐이라니, 결국엔 말이 전부 아니야? 라고 나는 자주 물었고 그러면 m은

　—선배는 그래서 안 되는 거야. 드라마 좀 봐. 겉으로는 싫다 싫다 해도 결국엔 서로 좋아한다는 진실을 알게 되잖아.

라고 말했다.

　—그래서 네 주변에 친구가 없는 거 아냐?

　m은 그런 소리는 처음 듣는다는 듯 나를 쳐다보았다.

　—내 농담들을 듣고도 곁에 있어준다면, 그건 진짜라고 생각해.

　그 순간 나는 m의 눈이 참 연한 색이구나, 하고 생각했다.

　나는 여행중에 m에게 메시지를 보냈다.

　'어떤 사람들은 플라멩코의 삼십 분이 없는 상태로 살기도 하는 것 같아.'

　그러자 m은 '그거 참 좋은 표현이네'라고 답하고는 '그럼 내 묘비명은 플라멩코의 삼십 분이 없는 인생이었다, 로 하겠어'라고 대답했다.

　'내가 농담한 자리마다 모두 폐허다, 는 어때?'

　m은 웃는 이모티콘을 보냈다. 표정을 볼 순 없었지만 아마 실제로도 웃고 있었을 것이다.

　아무런 농담도 하지 않고.

*

　m의 장례식을 치른 뒤, 나는 남자친구와 나 사이의 무엇인가
가 달라진 것을 알 수 있었다. 그것은 영화가 끝났는데도 아무도
나가지 않는 영화관에 앉아 영화보다 더 긴 엔딩 크레디트를 함께
지켜보고 있는 그런 기분이었다. 애초에 우리의 연애는 절대적인
것이 아니었다. 어쩌다보니 남자친구가 옆에 있었던 것이다. 그렇
게 되었다는 식으로 살아온 것처럼 나는 그렇게 되었다는 식으로
남자친구를 사랑했다.

　그렇다고 해서 우리가 헤어졌다는 사실이 전혀 슬프지 않았
던 것은 아니다. 얼마간 나는 우리가 함께한 시절이 끝났다는 것
을 깨달을 때마다 누군가 내 심장을 세게 쥐었다 놓는 듯한 느낌
을 받았다. 게다가 한동안은 이상한 현상을 겪었는데, 어느 순간
내가 남자친구가 되어 살게 되었던 것이다. 그 사람이 되어 아파
하고 불안해했다. 지금 그는 어떻게 지내고 있을지를 내내 상상
했다. 휴일에 혼자 방에 있거나 친구들과의 술자리에 나가 안주
를 집어먹는 그. 일찍 퇴근해 야구 경기를 시청하거나 어느 밤 뜬
금없이 첫사랑에게 전화를 거는 그. 우리가 헤어졌다는 사실을 부
모님에게 알리는 그. 침대에 걸터앉아 자위를 하는 그. 여러 모습
의 그를 상상했지만 그는 내 상상과는 전혀 다른 모습으로 존재하
고 있을 거였다. 혼자 지내는 동안의 그가 어떤 모습인지는, 내가

그와 연애를 했을 때에도 몰랐으므로 나는 그에 대해 영원히 알지 못할 거였다.

나는 종종 존이 되기도 했다. 절정뿐인 삼십 분짜리 공연을 위해 기타 연주를 하며 나는 땀을 흘렸다. 유학생이 되기도 했다. 나는 어디에 가서든 잘 웃고 잘 어울렸다. 이상하게도 모든 희로애락이라는 것이 내게는 없고 외부에서 빌려오는 것만 같았다. 애초에 나는 그런 것들이 부재한 채로 태어난 것일까.

남자친구는 내가 무서울 정도라고 했었다. 넌 왜 재계약 통보를 받지 못하는데도 불안해하지 않지? 넌 왜 잘 울지 않지? 혼자 잠드는 밤을 불안해하지 않으며 사는 사람을 나는 영영 이해할 수 없을 거야.

헤어지기 전 나는 남자친구에게 구엘공원에서 m에게 주기 위해 샀던 도마뱀 모형을 주었다.

*

m의 빈소에 온 사람은 몇 명 안 됐다. 첫날엔 동아리 선배들이 왔다 갔다고 했다. m의 어머니의 친구들을 제외하고 계속 빈소를 지킨 사람은 나와 남자친구였다. m의 어머니는 생각날 때마다 우리에게 m의 어린 시절을 이야기했다.

—m은 어릴 때부터 열이 자주 났는데 그때마다 진짜와 가짜를

혼동했어. 어떤 날엔 자기가 밤새도록 고기를 구워먹지 않았냐고 묻기도 했지.

m의 관을 들며 남자친구는 엉엉 울었다. 나는 그의 눈물과 콧물이 턱밑으로 흐르는 모습을 지켜봤다. 새벽공기가 서늘해 몸을 살짝 떨었다.

나는 남자친구의 차를 타고 영구차를 따라갔다. 몇 대의 차가 깜빡이를 켜고 그 뒤를 쫓았는데, 영구차 운전자는 술래잡기라도 하듯 뒤따르는 차들을 모두 따돌렸다. 내비게이션에 화장터의 이름을 입력하고 톨게이트를 지나는데 옆 차선의 차가 갑자기 창문을 내리고 소리쳤다.

―화장터 가죠? 우리도 놓쳤어요!

우리는 갓길에 차를 세우고 그들에게 내비게이션을 보여줬다. 그들은 톨게이트와 도로명을 빠르게 메모하고는 화장터에서 만나자고 했다. 남자친구는 그게 우스운지 운전하는 동안 한참을 실실댔다. 그러다가 울었다. 화장터에 도착해 남자친구와 에너지 드링크를 나눠 마셨다. 날은 좋았다. m이 뼈만 남는 데는 두 시간 반이 걸린다고 했다. 그건 전광판에 적혀 있었다. 거기엔 m 다음에 화장될 사람들의 이름도 줄줄이 적혀 있었다. 아마도 확실한 미래들.

―두 시간 반이라. 생각보다 오래 걸리네.

라고 내가 말했고 남자친구는

―한 사람의 인생이 사라지는 시간치고는 빠르지.

라고 답했다.

화장이 끝나면 m은 작은 단지에 담기게 될 것이었다. 나는 m의 키가 몇이었는지 생각했다. 나보다는 확실히 크고 남자친구보다는 작은 편이었다는 것만 떠올랐다. 나는 고개를 들어 m의 눈을 마주 보던 때를 기억하려 애썼다.

화장이 끝나고 남자친구와 함께 우리집으로 향했다. 나는 침대에 누웠고 남자친구는 바닥에 누웠다. 우리가 같은 공간에서 슬픔을 나누고 있다는 사실이 m의 어머니에게 미안해질 무렵 나는 잠이 들었다. 깨었을 때 남자친구가 어둠 속에서 노래를 흥얼거리고 있었다. 그건 아주 오래전에 지나가버린 팝송이었다.

남자친구, 그리고 m과의 헤어짐을 견디는 시간 동안 나는 가우디 평전을 읽었다. 가우디의 건축물을 다룬 다큐멘터리도 봤다. 가우디는 1852년에 태어나 1926년 노면전차에 치여 죽었다. 그는 건축가로 활동하면서 의뢰인 여럿을 파산시켰는데 건축물을 짓는데 재료를 아끼지 않았기 때문이었다. 어떤 건물은 완공되자마자 은행에 넘어가기도 했다. 구엘공원도 원래는 주택단지로 지어졌지만 경사진 비탈 탓에 분양이 되지 않았다. 물을 뜨려면 산 아래까지 내려가야 한다는 게 이유였는데, 사실 구엘공원은 거대한 정수기 자체였다고 한다. 모인 빗물이 건물의 아래로 흐르며 자연적으로 정수가 되는 시스템이죠, 라고 내레이터가 설명했다.

또다른 책에서는 가우디의 마지막을 이렇게 말하고 있었다. '내가 이곳에서 빈민들과 함께 죽어갔다는 사실을 알려, 이 사회에 아직도 차별이 존재한다고 말해주시오.' 가이드가 말한 가우디는 죽는 순간에도 빛을 사랑한 낭만주의자였고, 책이 말하는 가우디는 사회주의자에 가까웠다. 그리고 나는 아무 주의자도 아니었다.

*

다니던 보험회사에서 연락이 왔다. 타 부서에 공석이 생겼으니 생각이 있으면 출근하라는 이야기였다. 나는 다시 출근하기로 했고, 그러자 모든 것이 빠르게 제자리로 돌아왔다. 칠층에 있는 부서에서 육층에 있는 부서로 자리가 변경된 것을 빼고는 전과 동일했다. 바르셀로나에 대한 기억도 흐릿해졌다. 람블라스 거리와 그 길로 이어지던 해변, 내리쬐던 태양과 상그리아의 맛 같은 것들은 모두 휘발되었다. 얼마 전에 가우디 전시회가 열린다는 소식을 들었을 때도 내가 정말 가우디의 건축물을 봤는지, 내가 정말 바르셀로나에 있었는지 스스로 묻게 될 정도였다.

나는 다시 눈에 보이는 것들만 생각하면서 살 수 있었다. 영수증을 붙이고, 숫자를 입력하고, 회의실을 치우고, 나보다 연봉이 두세 배는 높은 정규직 직원들과 점심을 먹었다. 그들은 점심을 먹으며 불안에 대해 말했고 미래에 대해 말했다. 결혼 삼 년 차의 어떤 직원은 일 년간 노력했는데 아이가 생기지 않는다며 울었고,

나보다 한 살 어린 회계팀 직원은 해외 세미나에 가지 못했다는 이유로 회식 때 술잔을 깨고는 상사에게 욕을 했다고 말했다. 다른 부서에서 사무 보조 아르바이트를 하는 아이는 야간대학에 진학했다고 했다.

— 보험을 더 들었어.

누군가 식사를 마치며 말했다.

*

한때 남자친구였고 대학 동기이며 m의 친구였던 사람이 보낸 메일의 내용은 이러했다.

내가 언젠가 브라질 숯불구이라는 이름의 식당 앞을 지나며 저건 어떤 맛일까 궁금해했고, 그래서 우리는 그걸 먹으러 가보기로 했는데, 우리는 헤어졌고, 그뒤로 자신도 그것이 무슨 맛인지 너무나 궁금했지만 영 가보지 못하다가 최근에 와서야 먹어보았다는 것이었다. 그리고 먹어본 결과 여느 고깃집에서 맛볼 수 있는 익숙한 맛이었으므로 그게 어떤 맛일지 궁금해할 필요가 없다는 것이었다. 그러면서 최근 자신의 취미가 그런 새로운 음식을 먹으러 다니는 것인데 한동안 혼자 다니다가 요즘은 신입사원과 함께 다닌다고 말했다. 그리고 마지막 줄엔 이렇게 적혀 있었다.

'곧 m의 기일이야.'

못 본 사이 꽤 수다스러워진 것 같다고 생각하며 나는 답신했다.
'm에게 묘비명을 만들어준다면 뭐가 좋을까?'
점심을 먹고 돌아오니 메일이 와 있었다.
'당연히, 단 한 번도 바르셀로나에 가보지 못한 사람, 이지.'

*

퇴근길에 맥주 두 캔을 샀다. 그러자 예전에 잠시 중학생들을 대상으로 하는 보습학원에서 아르바이트를 하던 때가 떠올랐다. 하루는 시험이 끝난 아이들과 이런저런 잡담을 하다가 장래희망에 대해 물었다. 아이들은 저마다 다른 꿈들에 대해 말했다. 좋은 대학에 가는 것이 목표인 아이도 있었고 남자친구를 사귀는 것이 지상 최대의 목표인 아이도 있었다. 하지만 그중 가장 인상적인 답변은 이거였다.

—선생님, 저는 회사원이 돼서 퇴근하고 시원한 맥주를 매일 한 캔씩 마시고 자는 게 장래희망이에요.

다른 아이들이 모두 웃었다. 나도 웃었다. 하지만 나는 그 아이에게 공감했다. 보험회사에 아르바이트 자리가 나서 첫 출근을 했던 날, 퇴근길에 맥주를 사보았다. 샤워를 하고 맥주를 마셨더니 과연, 이것이 남자친구가 말했던 다른 삶으로 가는 기분일까, 라는 생각이 들었다. 하지만 매일 맥주를 마시지는 않았다. 그러기엔 나는 알코올 분해 능력이 참으로 떨어지는 편이었다.

그래도 오늘 같은 날에는 맥주를 마시는 것도 나쁘지 않다고 생각했다. 익숙한 지하철역에 내려서 익숙한 길을 걸었다. 편의점의 아르바이트생은 친구와 수다를 떨다가 허겁지겁 맥주를 계산했다. 곧 복개된다는 하천에는 물이 조금 흐르고 있었다. 그걸 보고 있자 예순 살까지 살지 않아도 내 인생은 앞으로도 과거를 답습할 것이라는 예감이 들었다. 아, 그러고 보니 어제는 비가 왔었다.

*

나는 맥주를 마시며 존에게 답장을 보냈다.

'해피 버스데이, 존.'

사진의
———
미래

1

언니는 이혼 숙려 기간 동안 형부와 같이 살았다. 나로서는 두번째로 겪는 가족의 이혼이었는데, 첫번째는 부모의 이혼이었다. 나의 부모는 사는 내내 뭘 함께한 적이 없었다. 심지어는 내가 태어났을 때 이미 별거중이었다. 둘은 그럼에도 호적상 부부관계를 유지한 채 이십 년을 더 지내다가 내가 대학에 들어가자 서류상으로도 완전히 이혼했다. 언니와 나는 엄마와 살았지만 방학 때면 아빠네 집에 가서 며칠 지내다 오기도 했다. 우리 가족은 서로의 생일도 잘 챙겼다. 엄마는 아빠의 생일 무렵이 되면 반찬들을 챙겨서 우리를 아빠에게 보냈다. 아빠네 집은 항상 깨끗했고 좋은 냄새가 났다. 하지만 아빠가 다른 누구와 함께 사는 것 같지는 않았다. 아빠는 우리가 머무는 동안에 매 끼니 다른 메뉴를 만들어 식탁에 올렸다. 아빠는 어디서 났는지 핑크색 프릴이 달린 에이프런을 갖고 있었는데, 요리를 시작할 때면 그것을 둘렀다가 설거지를 끝내고 나서야 벗었다. 그러니까 식사시간 내내 아빠는 에이프런을 두르고 있었다. 나는 에이프런을 두른 채 숟가락으로 된장찌개를 뜨는 아빠의 모습을 찍은 뒤 '에이프런 아빠'라는 제목을 달아 작은 공모전에 제출했다. 공모전에 입상해서 부상으로 좋은 카메라를 받았고, 잡지에 내가 찍은 사진이 실렸다. 아빠는 그것을 오려서 부엌에 붙여두었다.

새 카메라로 엄마를 찍어보려고 했지만 번번이 실패했다. 렌즈를 통해 엄마를 보고 있으면 너무 많은 이미지가 떠올라 셔터를 누르는 때를 놓치고 말았다. 언니는 이렇게 말했다.

―아무래도 같이 지낸 시간만큼 애정도 미움도 더 크니까.

언니가 결혼하기 전까지 엄마와 언니와 나, 주로 셋이 살았다. 가끔 처음 보는 삼촌이나 이모들이 찾아와 몇 달 지내다 가기도 했다. 어렸을 때, 같이 살던 삼촌과 엄마와 함께 놀이공원에 간 적도 있었다. 그전까지 키 때문에 계속 못 타던 롤러코스터를 그날 처음으로 탔다. 내 키가 이만큼이나 컸다고? 정말 기분이 끝내줘서 나는 엄마와 삼촌에게 물구나무서는 것을 보여주었다. 삼촌이 그 모습을 카메라로 찍었다. 엄마가 사준 악마의 뿔이 달린 머리띠를 하고 집에 돌아왔더니, 언니는 책상 앞에 앉아 벽을 바라보고 있었다. 언니의 기분이 안 좋아 보였다. 언니는 사소한 트집을 잡아 엄마에게 지랄을 했다. 지랄은 일주일 정도 이어졌다. 하지만 우리 넷은 결국 잘 지내게 되었다. 우리는 함께 저녁식사를 했고, 밤이면 공원에 나가 배드민턴을 쳤다. 엄마와 삼촌은 한방에서 잤다. 그러다 어느 날 그는 말도 없이 떠났다. 이후 몇 명의 다른 삼촌들이 더 머물렀지만 나는 그 삼촌을 오래도록 기억했다.

나중에 엄마에게 물어보니 삼촌이 머문 기간은 반년이 채 되지 않았다고 했다. 그는 몇 가지 물건을 두고 갔는데 그중에는 놀이공원에서 나를 찍어주었던 카메라도 있었다. 카메라를 켜자 LCD 화면에 물구나무를 선 내가 있었다. 나는 파인더에 눈을 갖다대고 방을 돌아다녔다. 그러다 엄마를 찍었는데, 엄마는 울고 있었고 나는 등짝을 맞았다.

나는 이 집에서 태어나 한 번도 이사를 간 적이 없다. 일곱 가구가 살고 있는 다가구주택의 좁은 공용 마당에는 오래된 감나무가 있다. 지금은 엄마와 둘이 살지만, 곧 언니가 올 것이다. 숙려 기간은 가을과 함께 끝나게 된다.

2

숙려 기간 동안 언니와 형부는 서로의 물건을 사이좋게 나누면서 지내는 것 같았다. 언니는 종종 내게 전화를 걸어 둘에게 필요 없어진 물건들을 나열하면서 갖겠느냐고 물었다. 탐나는 물건이 있는 것도 아니어서 매번 거절했지만 전화를 받을 때마다 화가 났다. 언니의 혼수는 모두 나와 함께 고른 것이었다.

나는 속으로 화를 내면서 언니가 결혼을 선언하던 저녁을 떠올렸다. 그날 언니는 내 방 바닥에 앉아서 휴대폰으로 게임을 하고 있었다. 같은 색 사탕을 일렬로 맞춰서 없애는 게임이었다. 내가 말을 걸어도 언니는 별 대꾸를 하지 않은 채 휴대폰에서 눈을 떼지 않았다. 사탕을 요리조리 옮기며 언니가 무심하게 말했다.

—나 결혼하려고.

—뭐?

전날까지만 해도 나랑 같이 남자친구 욕을 했으면서. 언니가 그제야 게임을 종료했다. 게임에서 나오던 오케스트라풍의 배경음악이 사라지고, 취한 엄마가 방에서 누군가와 통화하는 소리가 들려왔다.

—좀 빌려줘, 미친년아.

미친년이라고 하면서 엄마는 숨이 넘어가도록 웃었다. 빌리는 주제에 욕이나 하고 앉아 있는 게 한심했다. 웃다가 넘어졌는지 쿵 하는 소리가 들려왔다. 나는 언니를 노려보았다. 곧 이 집을 떠날 언니는 너무도 아무렇지 않아 보였다. 나는 그대로 밖으로 나와 노래방에 가서 두 시간 동안 노래를 했다. 집으로 돌아오는 길에 언니가 골목에 서서 담배를 피우는 모습을 보았다. 평소 같으면 같이 피웠을 테지만 나는 언니를 지나쳐 집으로 들어갔다. 엄마는 술에 취해 잠들어 있었고, 나는 내 방으로 들어가 앉았다. 얼마 뒤에 언니가 들어오는 소리가 들렸다. 언니는 물을 한 잔 따라 마시고는 자기 방으로 들어갔다.

언니의 결혼식엔 아빠도 참석했다. 유니폼처럼 다 같이 한복을 입은 채 처음으로 넷이 모여 앉아 밥을 먹고 나란히 서서 사진을 찍었다. 그것이 우리의 유일한 가족사진이었다. 결혼식을 마치고 언니는 자신의 집으로 갔고 나는 엄마와 둘만 남겨졌다. 그게 꽤 씀씀해서 언니네 집에 가면 항상 뭘 하나씩 집어오곤 했다. 저번에는 국자를 가져왔다.

그렇기 때문에 더는 그 집에서 집어올 게 없었지만 언니가 자꾸만 전화를 해서는 귀찮게 구는 통에 주말은 돼야 시간이 난다고, 그날 가서 필요한 게 있는지 한번 보겠다고 했다. 언니가 반색하며 그럼 주말에 통으로 시간을 낼 수 있느냐고 물었다. 딱히 할일이 있는 것은 아니었다.

—아빠네 다녀오자.
—갑자기 아빠네는 왜?
—아빠가 안방 서랍장을 탐내서 갖다주려고.
—서랍장을? 굳이?
—중고로 판다고 하니까 자기 달라고 하네.

언니는 아빠에게도 물건 목록을 알려주고 있었나보았다. 그렇게 생각하자 좀 서운해서 가지 않겠다고 하려다가 마음을 바꿨다. 내가 주저하는 게 느껴졌는지 언니가 이렇게 덧붙였기 때문이다.

─집 앞으로 태우러 갈게. 아빠네 갔다가 우리집으로 와서 가져갈 거 보고 가.

언니는 아직 우리라고 말하는구나, 나는 생각했다.

3

결혼하고 나서 언니가 한 번도 엄마 집에 온 적이 없다는 사실을 인식하지 못하고 있었다. 언니가 집 앞으로 온다는 말을 하기 전까지. 작은 창문으로 공용 마당을 내려다보며 언니가 의도적으로 방문을 꺼렸던 것은 아닌지 생각해보았다. 옆 건물에 있는 교회에서는 대낮부터 방언이 흘러나오고 있었다. 여름에 창문을 열어두면 매미 소리처럼 방언 소리가 쏟아져 들어왔다. 선풍기를 쐬며 누워 있던 엄마가 더이상 못 참겠다면서 대걸레를 들고 교회로 찾아간 적도 여러 번 있었다. 그런데도 방언은 매주 반복되었다.

몇십 년 동안 이 집은 하나도 변하지 않은 것 같았다. 기억마저도 퇴색되지 않고 곳곳에 남아 있었다. 이를테면 나는 이 집에서 수많은 거짓말을 했는데, 그중엔 정말 질 나쁜 것도 있었다. 당시 이층에 살던 연정이라는 애는 나와 같은 공부방에 다녔는데 살집이 좀 있었다. 그애 엄마는 그애의 눈이 양옆으로 쭉 찢어지도록 머리를 올려 묶었고, 체형에도 어지간히 신경을 써서 분기별로 한약을 먹였다. 살 빠지는 한약, 키 커지는 한약, 머리가 좋아지는 한약…… 연정은 공부방에서 집으로 돌아갈 때마다 한약이 얼마나 싫은지에 대해 토로했다. 나는 그 얘기를 무심히 들으며 그애가 징징거린다고 생각했다. 그도 그럴 것이 그애의 엄마는 아침마다 그애의 머리를 단정히 묶어주고, 그애가 문제집을 다 풀 때까지 기다려주고, 매일 저녁을 먹고 나면 한약까지 챙겨줬으니까. 괜히 대문을 발로 찼더니 대문에 매달려 있던 작은 거미가 쑥 미끄러져 내려왔는데, 그걸 보고 나도 모르게 연정에게 이렇게 말해버렸다.

—거미를 먹으면 살이 빠진대.

—진짜?

그러자 연정이 거미를 맨손으로 잡으려 했다. 나는 그애가 그럴 줄은 몰랐다. 적당한 타이밍에 사실 거짓말이라고 실토할 생각이었다. 하지만 그애는 맨손으로 거미를 잡았고, 나는 도망쳤다. 주택촌을 벗어나 새로 생긴 아파트에 있는 놀이터까지 한 번도 쉬지 않고 달음질쳤다. 그애가 거미를 먹었는지는 알 수 없다. 그후로도 연정은 아무 일 없다는 듯이 공부방에 갈 시간이면 예의 그 올려 묶은 머리를 한 채로 날 기다렸다. 그러다 얼마 후 교육열이 높은 도시로 이사를 가버렸다.

어쨌든 그 일은 내가 처음으로 누군가의 상처를 쥐고 흔들었던 기억으로 남아 아직까지도 나를 괴롭히곤 한다. 무거워 보이는 짐을 들고 계단을 오르는 할머니를 도와드리려 할 때나, 티브이에 나오는 후원금 계좌의 번호를 누르려 할 때, 어디선가 거미의 형체 같은 것이 스윽 지나가는 식이다. 그러면 나는 내가 어릴 때부터 못돼먹은 사람이라는 생각을 하게 되고, 내 행동이 위선은 아닐지를 의식하게 된다. 위선이 위악보다 나은 거 아닌가, 하는 고민에도 빠진다. 그러다보면 할머니는 이미 계단을 올라 사라지고, 후원금 계좌의 화면은 넘어가고 난 뒤인 것이다.

아마 언니에게도…… 이 집엔 너무 많은 기억이 있을 것이다.

4

언니가 아침 일찍 출발한다는 메시지를 보내왔다. 그 메시지를 받자마자 씻고 준비를 했는데도 언니는 먼저 도착해 어디에 주차를 해야 하느냐며 전화를 했다. 집 앞 빌라 주차장에 대놓고 잠깐 안에 들어와서 기다리라고 했더니 그냥 밖에 있겠다고 했다. 아침부터 부엌에서 냄새를 풍기며 요리를 하던 엄마는 굳이 아빠에게 갖다주라며 밑반찬을 몇 개 싸서 보온 가방에 넣었다. 이것저것 챙기다보니 짐이 꽤 되어서 엄마와 나눠 들고 밖으로 나갔다. 언니는 마당에서 감나무를 올려다보고 있었다.

—이 감나무 죽었을 줄 알았는데.

언니의 말에 엄마가 옆에서 거들었다.

—그래, 우리가 이거 살린다고 오죽 노력했니.

—일층 예진이네가 베어버리자고 했었잖아.

—그때 안 베길 잘했지. 어떻게 해도 안 되더니, 포기하니까 이렇게 살아나더라.

—예진이네는?

—그 집 엄마 죽은 지가 언젠데.

교회 건물에서 사람 두 명이 나와 우리를 힐끗거렸다. 그러거나 말거나 엄마와 언니는 감나무를 한참 올려다보았다. 엄마가 천천히 말했다.

—올해는 감이 열리려나.

—감은 열려도 문제였어. 떨어져서 밟히면 벌레나 꼬이고. 나는 열매 맺는 나무가 있는 집은 거들떠도 안 봐.

언니의 말이 서늘하게 느껴져서 나는 팔뚝을 문질렀다.

—근데, 아직도 꿈에서는 내가 사는 곳은 이 집이야.

—너 여기 살 때 좋았나보다.

엄마가 해맑게 말했고 나는 언니가 욕을 할까봐 걱정이 됐다. 하지만 언니는 욕을 하는 대신 엄마에게 이렇게 물었다.

—엄마, 나보고 이 감나무한테 편지 쓰라고 했던 거 기억나?

—내가 그랬어?

—응.

—어머, 술 취해서?

—응. 이 감나무가 엄마 같다면서, 엄마 대신 감나무 좀 위로해 달라고.

—기억 안 나.

—편지 안 써주면 죽겠다고 방문 잠그는 바람에 애랑 나랑 식 칼로 엄마 방문 열었었는데.

나도 그 시절을 기억하고 있었다. 그 시절의 엄마는 항상 긴치 마를 입은 모습으로 소환된다. 한낮이면 엄마가 긴치마를 펄럭이 며 철문을 열고 밖으로 나갔다. 저녁이 되어서 집으로 돌아온 엄 마는 늘 취해 있었고 치맛자락이 이물질로 더럽혀져 있었다. 그런 날이면 엄마는 방바닥에 누워 울었다. 엄마가 우는 이유는 다양했 다. 삼촌이 떠나서, 동네 사람들의 뒷말을 들어서, 언니가 감나무 에게 편지를 써주지 않아서…… 나는 엄마가 영영 돌아오지 않을 까봐 불안했다. 그래서 엄마가 액자 같은 철문 너머로 걸어갈 때 면 항상 엄마를 불렀다. 엄마는 한 번도 뒤돌아보지 않았다. 나는 문득 말했다.

—엄마, 엄마도 가자.

—어딜?

─아빠네.

그러고 덧붙였다.

─부탁이야.

엄마가 주머니에서 담배를 꺼내 불을 붙였다. 언니도 담배를 꺼
냈고, 나에게 한 개비를 주었다. 우리는 감나무를 향해 함께 연기
를 내뿜었다.

5

─초롱이 있을 땐 이렇게 갑자기 떠나는 거 상상도 못했다.

엄마가 서랍장이 실린 뒷좌석에 타면서 말했다. 초롱이는 엄마
가 어디서 얻어온 포메라니안이었다. 그 조그만 개는 털이 정말
많이 빠졌다. 그래서 집 청소를 할 때면 옥상에 올려두었는데, 어
느 날 감쪽같이 사라졌다. 우리는 초롱이를 부르며 온 골목을 헤
맸지만 결국 찾지 못했다. 그뒤로 엄마는 어디로 불쑥 떠날 때마
다 저 대사를 읊었다.

초롱이가 사라지고 몇 년 뒤 티브이를 보다가 우리 동네에 산다
는 남자가 포메라니안과 함께 출연한 프로그램을 보게 됐다. 아는
사람은 아니었다. 초롱이와 정말 닮은 그 개는 장애물을 넘기도
하고 남자가 총 쏘는 시늉을 하면 바닥을 구르기도 했다. 그게 다

가 아니었다. 남자가 웅크리고 우는 시늉을 하자 두루마리 휴지를
물고 왔다. 남자가 몇 번이나 우는 시늉을 하는데도 그 개는 몇 번
이고 그걸 반복했다. 방송이 끝나갈 무렵 남자가 이렇게 말했다.

　―우리 슈가가 사실 유기견이거든요. 비를 쫄딱 맞으면서 혼자
돌아다니고 있더라고요.

　이어서 슈가가 혼자 골목을 배회하는 모습이 흑백 화면으로 나
왔다. 슈가는 골목 끝에 서 있는 남자를 발견하곤 달려가 안겼다.
둘의 첫 만남을 재구성한 장면이었다.

　―강아지 버리는 사람들은 다 벌받아야 돼요.

　초롱이가 사라진 날 비가 왔는지 나는 오래 생각했다.

　―이거야? 우리집에도 서랍장 필요한데.

　뒤에서 엄마가 말했다.

　―됐어. 엄마 방이랑 안 어울려.

　언니의 대답에도 엄마는 서랍장을 연신 쓰다듬었다.

6

　잠깐 눈을 감고 있는다는 게 늘어지게 자버렸다. 언니는 노래도
틀지 않고 말없이 전방을 주시하고 있었다. 엄마는 출발하던 모습
그대로 앉아 있었다. 창밖으로 우사가 보였다. 살아 있는 소를 보

는 건 오랜만이었다. 자세히 보려고 창문을 열었더니 엄마가 냄새가 난다며 기겁을 했다. 우사를 따라 이어진 길 끝에 아빠가 서 있었다. 소실점에 서 있는 아빠가 아주 작아 보였다.

7

아빠가 잘하는 음식은 찌개와 탕이었다. 밑반찬같이 후다닥 만들어야 하는 요리에는 영 소질이 없었지만, 정성 들여 오래하는 요리는 잘했다. 아빠는 아침부터 장을 봐왔다고, 에이프런에 손을 닦으며 말했다. 엄마는 그 옆에서 챙겨온 반찬들을 꺼내 냉장고에 넣었다. 둘은 오래도록 주방일을 함께한 사이처럼 보였다. 아빠가 엄마에게 말했다.

—당신, 옻 알레르기 있지?

—응. 기억하네.

—옻닭 하려다가 갑자기 생각나서 수삼을 사왔어. 수삼 넣고 닭을 푹 고아 먹자고.

—그러자고.

둘은 그러더니 마주보고 킬킬 웃었다.

—마당에서 벌써 삶고 있어. 가서 봐봐.

아빠가 나와 언니를 가리키며 말했다. 마당으로 나오자 비슷비

숫한 마당이 딸린 조립식주택이 늘어서 있는 것이 눈에 들어왔다. 마지막으로 왔을 때만 해도 몇 채는 임대에 실패했는지 폐허처럼 남아 있었는데, 그중 하나가 깔끔해져 있었다.

─언니, 저기 봐. 누가 이사왔나봐.

팔꿈치로 언니를 치며 말하는데 초등학생 정도로 보이는 애들이 그 집에서 나왔다. 남자애와 여자애였다. 남자애는 빈 솥을 들고 있었다. 둘은 우리 쪽으로 걸어오더니 고개를 꾸벅 숙이며 인사했다.

─안녕하세요, 저희는 여름방학 시작하는 날에 이사왔어요.

언니가 그애들에게 말했다.

─그래, 안녕.

─아저씨가 닭 준다고 오라고 했어요.

묻지도 않았는데 애들은 우리에게 이런저런 이야기를 했다. 얼마 전 병원에 가는 길에 엘리베이터에서 만난 아이가 생각났다. 그애는 자기 엄마의 손을 잡고 내게 말했다.

─안녕하세요, 저는 달리기 일등 했고요, 우리 엄마는 맥주를 좋아해요.

그애의 엄마가 민망해했다. 나는 그 모녀가 엘리베이터에서 내릴 때까지 고개를 숙인 채 웃음을 참아야만 했다. 이번에도 웃음이 나려고 해서 간신히 참았다. 마당을 둘러보다가 뚜껑이 덮인 바비큐 그릴을 발견했다. 가까이 다가가 뚜껑을 열어보니 오랫동안 사용하지 않은 것 같았다. 뒷마당으로 걸음을 옮기는 우리를 따라오며 남자애가 말했다.

—아저씨가 자꾸 우리집 개 이름을 까먹어요.

여자애가 이어받았다.

—그래서 제가 연상 기억법을 알려드렸어요. 이름이 마루니까 툇마루를 생각하라고요.

두 글자를 기억하기 위해 세 글자를 떠올려야 하는 삶이란. 뒷마당으로 가자 큰 은색 솥 하나가 가스버너 위에서 끓고 있었다. 어쩐지 위태로워 보였는데 뚜껑이 부들거리더니 내용물이 왈칵 넘쳤다. 언니가 가스버너의 불을 끄고 집 쪽을 향해 외쳤다.

—아빠!

꼬맹이들이 밖으로 나오는 아빠를 향해 들고 온 솥을 흔들어 보였다.

8

아빠가 나와서 솥을 열어보더니 다 익은 것 같다고 했다. 아빠는 꼬맹이들의 솥에도 닭 두 마리와 수삼을 비롯한 식물 뿌리 같은 것들, 그리고 국물을 퍼서 담아주었다. 엄마가 그릇과 수저를 챙겨왔다. 우리는 야외 테이블에 둘러앉았다. 김치도 꺼내고 상을 거의 다 차려갈 때쯤, 꼬맹이들이 닭고기가 담긴 그릇을 들고 우리 쪽으로 왔다.

—여기서 먹는다니까 엄마가 담아줬어요!

그들은 익숙하게 그릇을 테이블에 올려두고는 의자를 끌고 와 앉았다. 엄마가 말했다.

—몇 살이니?

남자애가 대답했다.

—저는 3학년이고요, 얘는 1학년이에요.

아빠가 손으로 닭고기를 찢는 동안 엄마는 집안에 들어가 고추절임을 꺼내왔다. 아빠는 사람들의 접시에 돌아가며 닭고기를 올려주었다. 꼬맹이들은 아빠가 찢어주는 닭고기를 소금에 찍어 잘도 먹었다. 여자애가 닭고기를 먹다 말고 물었다.

—근데 우리 이름은 안 궁금하세요?

—궁금해.

—거짓말.

엄마가 다시 집안으로 들어가더니 이번에는 소주를 꺼내왔다. 네 명이서 한 잔씩 따르자 금세 반이 비워졌다. 언니가 한 잔을 쭉 들이켜고는 말했다.

—내 이혼 확정일이 무슨 날인 줄 알아?

—무슨 날인데?

—생각해봐.

우리는 언니가 말한 날짜를 가만히 곱씹어보았다. 아빠가 말했다.

─성수대교 무너진 날.

우리는 휴대폰으로 성수대교 붕괴 사건이라고 검색해보았다. 확실히 성수대교가 붕괴한 날이었다. 언니는 땡, 이라고 말했다. 조금 생각하다가 내가 말했다.

─엘리엇 스미스 사망일.

이번에는 언니가 휴대폰으로 엘리엇 스미스를 검색했다. 확실히 그가 죽은 날이었다. 기념으로 우리는 엘리엇 스미스의 음악을 들었다. 엄마가 말했다.

─이런 혀 꼬부라지는 노래는 뭐가 좋은지 통 모르겠어. 가사를 알아야 노래가 좋게 들리지.

─그냥 멜로디만 들어봐.

─그게 무슨 음악이냐.

─가사가 없는 음악도 있는걸, 뭐.

─난 그런 거 싫더라. 한국 노래 틀어봐.

그때 꼬맹이들의 집 현관문이 열리고 누런 개 한 마리가 마당으로 나왔다. 아빠가 개를 불렀다.

─마루야.

개가 이쪽을 바라보더니 이내 빠른 속도로 달려왔다. 개는 자신을 주체하지 못하는 것 같았다. 아빠의 무릎에 몸을 비비며 낑낑댔다. 아빠가 닭 뼈를 발라 살점을 손바닥에 올려놓자 마루가 핥

아먹었다. 꼬맹이들이 밥을 다 먹었는지 마루를 뒤에서 어정쩡하게 들어올렸다. 남자애가 발버둥치는 마루를 안고 말했다.

—잘 먹었습니다.

여자애가 물었다.

—내일은 뭐하세요?

—할 거 없는데.

—며칠 전에 유원지에서 바이킹 탔어요. 맨 뒷자리에 타면 저수지가 훨씬 잘 보여요.

남자애도 거들었다.

—저수지가 엄청 커요. 우리 가족은 다음 주말에 또 가기로 했어요.

꼬맹이들은 마루를 안고 집으로 들어갔다. 그러고 보니 꼬맹이들의 이름을 듣지 못했다. 소주는 금세 비워졌고, 아빠는 모기향을 꺼내와 피웠다. 눈이 매워서 나는 조금 울었다. 울면서 소주를 마셨다. 아빠의 냉장고에서는 소주가 계속 나왔다. 엄마가 말했다.

—내일 우리 가족도 바이킹 타러 갑시다.

엄마의 혀가 꼬여 있어서 우리는 이제 그만 마시고 정리하자고 말했다. 엄마는 아쉬운 듯 남은 소주를 들이켜더니 김치를 손으로 집어먹었다. 그래도 못내 아쉬운지 접시를 들고 말했다.

—이거 치워야지.

—내일 치워.

우리는 먹던 것을 그대로 두고 엄마를 집안으로 들여보냈다. 엄마는 갑자기 술이 오르는지 신발을 벗으면서 비틀거렸다. 언니가 황급히 엄마를 부축해 거실로 데려다놓았다. 만취한 엄마는 거실 한가운데에 고개를 푹 숙이고 앉아 있다 티셔츠를 벗다 말고 잠들었다. 탄력 없는 가슴이 축 늘어져 있었다. 아빠가 못 볼 꼴을 본양 얇은 담요를 엄마 위에 던지듯 펼쳤다. 엄마의 얼굴까지 담요에 덮였다.

9

언니와 나는 그새 음식이 말라붙은 접시를 바라보았다.

─커피나 한잔하고 치울까?

언니가 물었고 나는 고개를 끄덕였다. 언니가 집안으로 들어가더니 잔 두 개를 가지고 나왔다. 믹스커피였다.

─블랙 없었어?

─있겠냐.

우리는 야외 테이블에 앉아 담배를 피우며 커피를 마셨다. 불현듯 언니가 말했다.

─숙려 기간이라는 말이 왜 있겠어?

─숙려하라고 있겠지.

—네 형부는 우리가 벌써 이혼했다고 생각해.

어떤 대답을 해야 할지 몰라서 나는 머그잔의 손잡이를 문질렀다. 이럴 거면 결혼할 때도 숙려 기간을 좀 가졌어야지. 하지만 언니에게 그런 말을 할 수는 없어서 나는 대신 꿈 얘기를 했다.

—어떤 사진작가의 제자가 되는 꿈을 꿨어.

—그게 누구야?

—시체 찍는 사진작간데……

—이름이 뭔데?

나는 사진작가의 이름을 말하고는 언니를 바라보았다. 언니와 나는 같은 모양의 머그잔을 쥐고 있었는데, 둘 다 오른손으로는 손잡이를 쥐고 왼손 검지로는 컵의 가장자리를 훑고 있었다. 우리는 외형적인 면이 좀체 닮지 않은 대신에 자세가 닮았다. 한쪽 다리에 중심을 두고 선 자세부터 등을 굽히고 앉은 모습까지. 우리는 걸음걸이도 닮았다. 언니의 친구들이 멀리서 나를 보고 언니로 착각해 내게 인사를 건넨 적도 있었다. 언니는 이렇게 말하곤 했다.

—너랑 나는 근육이나 뼈 같은 게 닮지 않았나 싶어. 그걸 움직일 때 쏟는 힘의 크기 같은 것이.

확실히, 라고 나는 생각했다. 쪽마늘처럼 작은 것을 썰 때나 통 열리지 않는 잼 뚜껑을 잡고 있는 모습 등이, 확실히 비슷한 것 같았다. 같았다, 라고 말할 수밖에 없는 건 내 모습을 내가 직접 본 적이 없고, 앞으로도 없을 것이기 때문이다.

그런 생각을 하는 사이 언니는 휴대폰으로 검색한 이미지를 보여주었다. 목이 잘린 두 시체가 키스를 하고 있는 사진이었다. 나는 사진을 가리키며 말했다.

―내가 사진작가 대신 이 시체들한테 사과하러 다니는 꿈이었어.

―제자까지나 돼서 고작 하는 게……

언니는 그 사진을 한참 들여다보다가 덧붙였다.

―내 시체 가지고 이렇게 찍으면 사과받을 만하다. 하지만……

나는 언니의 다음 말을 기다렸다.

―너는 좀 죄책감 없이 살 필요가 있어. 이런 이상한 사진들도 이제 그만 보고.

언니는 아무래도 엄마에게서 성격을 물려받은 것이 아닐까 싶었다. 나는 우사 쪽으로 해가 완전히 넘어가는 것을 바라보았다.

10

아침부터 어제 먹은 것들을 치우랴 서랍장을 옮기랴 바빴다. 혼자 서랍장을 옮기기가 버거웠는지 아빠는

―박서방도 같이 오지.

라고 말했다가 황급히 입을 닫았다.

11

꼬맹이들이 말한 유원지는 아빠 집에서 정말 가까웠다. 도로 곳 곳에 유원지까지 몇 킬로가 남았는지 적힌 팻말이 세워져 있었다. 아무래도 유원지가 도시의 랜드마크인 것 같았다. 하지만 가는 길 에 비닐하우스들만 늘어서 있어서 나는 유원지에 도착할 때까지 도 여기에 정말 바이킹이 있단 말이야, 생각하며 창밖을 바라봤 다. 주차장이 한산해서 언니는 주차선을 무시하고 차를 세웠다.

─다시 대야 하는 거 아냐?

내가 묻자

─자리가 이렇게 넓은데?

언니가 답했다. 엄마는 피곤한 얼굴이었다. 엄마가 음료를 파는 트럭을 가리키며 말했다.

─누가 가서 식혜 좀 사와라.

그 말에 아빠가 얼른 차에서 내려 트럭을 향해 갔다. 우리도 밖 으로 나와 벤치에 앉았다. 가을의 한가운데인데도 날이 푹푹 쪘다. 아빠가 식혜와 커피를 사 들고 왔다. 언니와 나는 커피를, 아빠와 엄마는 식혜를 골랐다. 아빠가 식혜를 마시며 언니와 내게 물었다.

─정말로 탈 거냐.

─응.

─나는 높은 데를 싫어한다.

엄마가 적극적으로 동의했다.

─나도 마찬가지야.

우리는 음료를 다 마시고는 유원지 입구로 들어갔다. 간판 몇 개가 찌그러져 있었다. 매표소 안내판에는 대인 1기구 사천원, 4종 패키지 만원이라고 적혀 있었다. 아빠가 그걸 보고는 다시 한번 말했다.

─높은 데는 싫다.

─아빠, 어릴 때 나랑 바이킹 타지 않았어?

언니의 말에 아빠가

─그때는 그때고.

라고 답했다. 우리는 사천원짜리 표 네 장을 사서 한 장씩 나눠 가졌다. 그리고 유원지를 한 바퀴 돌며 탈 만한 것을 둘러보았다. 디스코 팡팡은 허리 디스크가 있는 언니가 걱정되어서 탈 수 없었고, 토네이도라는 놀이기구를 보자 엄마는 숙취가 올라온다고 했다.

결국 우리가 고른 것은 범퍼카였다. 범퍼카를 타려는 사람은 우리 가족뿐이었다. 범퍼카 앞에 서 있자 기계실 안에 있던 남자가 나와 우리에게서 표를 받아가더니 다시 기계실에 들어가서 뭔가를 작동시켰다. 그러고는 얼굴을 내밀어 우리보고 각자 하나씩 골라 앉으라고 했다. 나는 가장 구석에 있는 차에 올라 안전띠를 맸다. 다 올라타자 음악이 흘러나왔다. 어릴 때 수학여행 장기 자랑으로 춤을 추기 위해 연습했던 노래였다. 남자의 목소리가 들렸다.

—자, 운행 시작합니다.

나는 아빠의 차 옆구리를 받았다. 아빠가 어이쿠, 하면서 웃었다. 그다음으론 엄마를 쫓아가 사정없이 밀어댔다. 그러고는 언니였다. 온 가족을 밀치면서 나는 장내를 몇 바퀴나 돌았다. 시간이 다 되자 차가 더이상 움직이지 않았다. 엄마가 안전띠를 풀면서

—이거 완전히 폭군이네, 폭군이야.

라고 말했다.

12

우리는 저수지 근처에 있는 카페도 갔다. 테라스에 앉아 브런치 세트를 시켜 먹었다. 물비린내가 났다. 엄마가 접시까지 싹싹 긁어먹더니 말했다.

—식빵 쪼가리에 계란 얹은 걸 이 가격을 받다니 도둑놈들이다.

다 먹고 나와 저수지 옆 산책로를 걸었다. 저수지는 꼬맹이들이 말한 것처럼 크지는 않았다. 아빠가 말했다.

—사진작가도 있는데 우리 사진 한 장 찍자.

아빠는 내가 공모전에 입상한 뒤로 계속 나를 사진작가라고 불렀다. 작은 공모전에 입상한 것일 뿐이라고 몇 번이나 말했는데도 휴대폰에 나를 작가님이라고 저장해두었다.

—그럼 다들 거기 서봐.

내 말에 아빠가 대꾸했다.

—너도 나와야지.

—하지만 삼각대도 카메라도 없는걸.

—사진작가가 그런 것도 안 들고 다니냐.

—나 작가 아니라니까.

그런 이야기를 하며 저수지를 한 바퀴 돌았다. 유원지 출구에서 언니가 내 손을 잡아끌며 말했다.

—엄마 아빠는 여기 잠깐 있어.

나는 언니의 손에 이끌려 유원지 안으로 들어갔다. 언니는 매표소에서 표 두 장을 사더니 바이킹을 향해 갔다.

—여기까지 왔는데 안 타고 가면 좀 그렇잖아.

바이킹 앞에 서 있자 아까 범퍼카를 운행시켰던 남자가 어디선가 나타나더니 바이킹 기계실로 들어갔다. 그러고는 우리에게 타라고 고갯짓을 했다. 우리는 꼬맹이들의 조언대로 맨 끝자리에 앉았다. 바이킹을 탄 사람도 우리 둘뿐이었다. 바이킹은 생각보다 높이 올라갔다. 정말 저수지가 다 보였다. 언니가 내 손을 꽉 쥐었다. 우리는 바이킹이 높이 올라갈 때마다 소리를 질렀다. 괜히 언니에게 미안한 마음이 들었다.

언니의 말대로 어쩌면 나는 너무 많은 죄책감을 가지고 사는지도 모르겠다.

13

차에 타기 전에 나는 유원지 출구에 있는 매점에서 셀카봉을 샀다. 그렇게 우리는 두번째 가족사진을 갖게 되었다. 아빠를 집 앞에 내려주고 인사를 하는데, 꼬맹이들이 마루와 함께 나왔다. 나는 꼬맹이들에게 거미를 먹어본 적이 있느냐고 물었다. 꼬맹이들은 으웩, 하면서 웃었다.

엄마를 집에 내려준 뒤 언니네로 이동하기로 했다. 집으로 가는 차 안에선 음악을 틀었다. 언니가 노래를 흥얼거렸고 이번에는 엄마가 잠들었다. 나는 휴대폰에 저장된 가족사진을 오래 바라보았다. 사진은 앞으로도 과거로 남을 거였다. 앞으로도…… 그러니까 사진은 과거이면서 동시에 미래가 되는데 그것이 어떤 순간에는 현재였다는 사실이 이상했다. 바깥 풍경이 과거가 되어 지나가고 있었다.

14

이혼 당일에야 언니네 부부는 이사를 했다. 집은 새로운 세입자가 들어올 때까지 비워져 있을 예정이었다. 이사를 도우러 가자 이제 막 전 형부가 된 남자가 내게 사진집을 여러 권 챙겨주었다.

그중 하나를 펼쳐보았다. 사진집은 두꺼웠는데 페이지에 담긴 사진들은 모두 아주 작았다.

—작은 사진만을 전시하는 사람이야. 삶은 아주 작은 일들로 구성된다는 거지.

그가 그렇게 말하면서 일본에서 가져온 것이라고, 무거웠지만 끝내 가져온 몇 안 되는 짐이라며 생색을 냈다.

—근데 왜 안 가져가요?

—난 너무 큰 일을 겪어서.

—뭐래.

그가 웃으면서 내게 물었다.

—오늘이 무슨 날인지 알아?

나는 대답했다.

—성수대교가 무너진 날, 엘리엇 스미스의 사망일, 그리고 두 분의 이혼일이요.

—하나 더 있는데 못 들었어?

—생일 축하해요.

그가 다시 한번 웃었다. 그는 생일에 이혼한 사람이 되었다. 그들의 결혼사진이 거실에서 떼어졌다. 가족이라는 것도 시작과 끝이 있다니. 인부들이 바쁘게 오갔고 나는 오늘 같은 날도 짜장면을 먹어야 하는 건가, 생각했다.

* '나'가 꿈 얘기를 하며 언급한 사진은 조엘 피터 위트킨의 작품을, 마지막 장면에 나온 사진집은 야마모토 마사오의 작품을 참고했다.

나이트클럽
———————
연대기

j의 스물아홉번째 생일 전날이었다. j와 친구들은 이른 저녁을 먹고 케이크 상자를 손에 든 채 거리를 헤매고 있었다. 다음 목적지를 정하는 사람이 그후의 시간을 책임져야 할 것 같은 느낌에 아무도 섣불리 말을 꺼내지 않는 상황이었다. 그들은 해야 할 많은 선택들과 그에 따르는 책임들에 지쳐 있었다. 그런 것들이 자꾸만 많아진다고, 저녁식사 내내 그들은 이야기했다. 그렇게 해서 그들이 들어선 곳은 나이트클럽이었다. 웨이터가 그들 중 한 명의 팔목을 잡아끌었고, 서로 눈치를 보다가 그만 들어가게 된 것이었다. 아무도 선택하지 않았지만 그렇다고 누군가 거절한 것도 아니어서 벌어지는 상황, 그런 것들도 자꾸만 많아진다고 j는 생각했다.

　넓은 홀엔 j와 친구들과 웨이터 몇을 제외하면 아무도 없었다.

홀은 추웠고 옛날 가요가 나왔다. 친구 중 하나가 그냥 나가자고 해서 다들 일어서는데, 웨이터가 황급히 j의 손을 붙잡았다. 사십 대 중반 정도로 보이는 웨이터는 아직 시간이 이르니 조금만 더 기다려달라고 사정사정하고는, 서비스로 마른안주를 주겠다고 했다. j는 친구들을 쳐다봤다. 친구들은 자리에 다시 앉았다. j도 자리에 따라 앉으며 물티슈로 끈적끈적한 테이블을 몇 번 닦았다. 친구들은 시끄러운 음악 때문에 소리를 질러가며 대화하다 지쳐 소파에 널브러진 채 마른오징어를 씹었다. 몇몇 손님들이 입구까지 들어왔다가 휑한 홀을 보곤 도로 나가기를 반복했다. j는 이모에게서 온 메시지를 확인했다. 메시지가 도착한 것은 전날 오후였다.

'캘리포니아는 여전히 건조하다. 생일 축하한다.'

캘리포니아와의 시차를 고려하면 메시지는 생일날보다 삼 일이나 먼저 보내진 셈이었다.

*

j는 엄마가 죽은 뒤로 이모와 살았다. 이모가 할아버지를 모시고 있었으므로 할아버지가 죽기 전까지는 셋이 살았다. 이모는 결혼을 하지 않았고, j가 알기로는 연애도 하지 않았다. 이모는 j가 대학을 졸업하던 해에 자신의 소유였던 다세대 빌라를 팔고 캘리

포니아로 떠났다.

엄마와 이모는 나이 차이가 좀 나는 편이었다. j는 교복을 입은 이모가 어린 자신을 안고 있는 사진을 앨범에서 본 적도 있었다. 엄마는 j가 열 살 때 죽었다. 엄마는 예뻤고, 노래를 잘했고, j에게 무언가를 강요하지 않는 사람이었다. j는 그 모든 것들이 그리워질 때마다 엄마가 남자들을 데려와 아빠라고 부르라 했던 순간들을 떠올렸다. 그게 효과가 없을 때는 술냄새를 풍기며 자신을 껴안고 울던 엄마의 모습을, 그리고 뒤이어 까르르 웃으며 자빠지던 모습을 떠올렸다. 그러면 좀 나아지곤 했다.

이모와는 잘 맞는 편이었다. j는 이모와 살면서 딱 두 번 싸웠는데, 한 번은 j가 강아지를 키우자고 졸랐을 때였고, 다른 한 번은 고양이를 키우자고 졸랐을 때였다. 반면 할아버지와는 잘 맞지 않았다. 할아버지는 j와 같이 살게 되자마자 j에게 족보를 외우게 하고 붓글씨와 다도를 가르쳤는데, 할아버지가 딱히 남을 가르칠 만한 실력이 있는 건 아니었으므로 결국엔 유야무야되고 말았다.

할아버지는 엄마보다 팔 년을 더 살았고, 죽기 일 년 전에는 거동을 못하고 방에 누워만 있었다. 딱히 할아버지를 사랑해서는 아니었고 그저 이모의 일을 덜고자 j가 할아버지를 간병하겠다고 했을 때 할아버지는 말했다.

—다른 건 다 괜찮지만, 기저귀는 j에게 맡길 수 없다.

이모는 간병인을 고용했다. 간병인은 말이 별로 없는 사십대 여자로, j가 등교할 무렵 집에 왔다가 하교하는 것을 보고는 퇴근했다. 간병인이 할아버지의 기저귀를 가는 모습을 문틈으로 본 적이 있었다. 등까지 닦아야 하는 모양인지 나체의 할아버지는 양손을 다소곳이 모아 성기 위에 올려둔 채 간병인의 지시에 따라 몸을 움직였다. 고분고분한 할아버지는 이상했다. 할아버지의 나무 껍질 같은 알몸보다 고분고분한 그 모습이 더 보기가 싫어서, j는 간병인이 있을 때는 할아버지의 방 쪽은 보지 않으려고 노력했다.

한번은 두통에 시달리다 일찍 집에 온 적이 있었다. 집안에 낯선 남자가 있었다. 간병인은 다소 민망해하며 그가 자신의 남자친구라고 소개했다. 그 말은 굉장히 어색하게 들렸다. 아마 간병인이 자신에게 남자친구를 소개한 가장 나이 많은 사람이라서가 아닐까, 남자친구라는 단어는 꼭 어린아이들이 쓰는 말 같으니까, 그리고 어쩐지 이모에게 남자친구를 소개받은 기분이야, 하고 j는 생각했다.

*

j는 생일 전날인 오늘까지 네 번의 길고 짧은 연애를 쉬지 않고 했으며 다섯 명의 남자와 잤다. 기억할 만한 연애도 있었고 아무런 추억도 남지 않은 연애도 있었다. 그중 나이트클럽과 관련이 있는 연애는 단 한 번이었다.

친구 하나가 웨이터의 손에 이끌려 어디론가 사라지는 것을 j는 보았다. 나이트클럽에 입장할 때처럼 친구는 애매한 표정이었다.

*

j가 처음 나이트클럽에 간 것은 스무 살 때였다. 그건 j가 스무 살이 되어 한 모든 일 중 가장 스무 살이 할 만한 것이었다. j는 학창시절 내내 자신이 나이트클럽과는 어울리지 않는 종류의 사람이라고 생각했었다. 그렇게 생각하게 된 데에는 특별활동 교사였던 s의 영향도 있었다. j가 고등학생일 때 전국적으로 특별활동 붐이 일었다. 전교생 모두가 어떤 반에라도 가입해 시간을 때워야 했다. 간혹 특별활동의 경험을 통해 진로를 결정하는 아이들도 있었지만 j는 아니었다. j는 시간을 무의미하게 흘려보내는 걸 좋아했다. 그것은 j가 쉬지 않고 연애에 몰입할 것임을 예견하는 작은 징조이기도 했다.

j는 전시회 감상반에 들었다. 딱히 준비할 게 없는 것도 장점이었고, 주말마다 학교 밖으로 나갈 수 있다는 것도 장점이었다. 담당 교사인 s는 작고 무기력한 여자로, 아이들에게 무언가를 열정적으로 가르치지 않았다. 그리고 그건 j가 s를 좋아하게 된 이유 중 하나이기도 했다. s는 그저 한 달에 한 번 어떤 전시회를 볼지 정하고 전시회장 입구에서 출석을 부른 뒤 아이들에게 각자 알아

서 전시를 보라고 했다.

s는 한 학기를 근무하고 학교를 그만두었지만, j는 종종 그녀에게 연락해서 함께 밥을 먹거나 영화를 봤다. 하루는 s가 j에게 나이트클럽에 갔던 이야기를 해주었다. 딱 한 번 가보았는데, 낯선 사람과 밀착되는 것도 시끄러운 것도 불쾌했다고 말했다. j는 그녀를 만나고 온 날이면 그녀의 말투와 행동을 곱씹었고 그녀가 경험한 세상이 자신의 세상이 되길 바랐다.

s는 실연할 때면 미술관이나 박물관에서 시간을 보낸다고 했다. 첫번째 연애가 끝났을 때 그 말이 생각난 j는 미술관에 가보았다. 그곳엔 j로서는 이해하기 어려운 작품들이 즐비했고 그 탓에 금세 심심해졌으므로 그뒤로는 가지 않았다.

그리고 s의 실연 방식을 따를 수 없던 것처럼 나이트클럽도 마찬가지였다. 나이트클럽은 생각보다 즐거워서 한동안은 주말마다 가기까지 했다. 그런 식으로 j는, s의 세상이 자신의 것과 얼마나 다른지를 알아가게 되었다. 그리고 더 시간이 지나 첫번째 연애를 하면서는 s에 대한 자신의 마음이 일종의 연애 감정이었다는 것을 깨달았다. 그리고 연애가 끝나면 무언가를 배우게 된다는 것도. s를 통해 자신은 영원히 자신이 되고 싶은 사람이 될 수 없는 존재라는 것을, j는 알게 되었다.

*

웨이터의 손에 잡혀갔던 친구가 돌아왔다. 친구는 씩씩대며 자리에 앉았다.

—여기 웨이터는 왜 자꾸 저자세로 말하나? 거절도 못하게.

웨이터가 친구를 데려간 곳은 이층에 위치한 룸이었다. 문을 열자 만취한 중년 남자들이 친구를 열렬히 환영했다고 했다. 몸을 돌려 나오려는데 웨이터가 그녀의 손을 잡더니 십 분만 앉아 있어주면 안 되겠냐고 애원했다. 그 말에 친구는 다시 몸을 돌려 자리에 앉았고, 회식중이라는 그들과 트로트 메들리를 불렀다고 했다.

—우리 부장님이랑 나이트 온 것 같았잖아.

그렇게 말하며 친구는 담배에 불을 붙였다. 그러고 보니 나이트클럽은 실내에서 흡연이 가능한 몇 안 되는 장소였다. 처음 나이트클럽에 온 날은 j가 처음으로 담배를 피운 날이기도 했다. 그 때문인지 조금 어지러웠고, 무대를 가득 채운 사람들과 그들에게서 뿜어져나오는 열기, 무대에 쏟아지는 레이저 불빛, 그리고 굽이 높은 구두를 신은 탓에 발등에 잡힌 물집 등 모든 것에 대한 감각이 예민하게 다가왔다. 그것이 j가 느낀 나이트클럽의 첫인상이었다. j를 나이트클럽에 데려간 사람은 고등학교 친구인 준이었다. 준은 j의 지인 중 가장 에너지가 넘치는 사람이었다. 특별활동 수업으로 진로를 정한 케이스이기도 했다. 하고 싶은 건 꼭 해야 했고, 하고 싶은 것도 많았다. 그 때문에 쥰을 만나면 j가 뭔가를 선택해야 하는 일이 별로 없었고, 그게 편해서 자주 쥰을 만났다. 다만 j가 원하지 않더라도 쥰이 하고 싶다면 그것 또한 꼭 해야 했다. 그날의 흡연도 그런 것이었다.

어쨌든 j는 그날 쥰과 즐겁게 놀았다. 아마 그때가 살면서 가장 많은 남자들과 이야기를 나눈 밤이었을 것이다. 새벽이 다 되어서야 j와 쥰은 몇 명의 남자와 함께 나가기로 했다. 남자들은 j와 쥰과 동갑이었고, 테이블비를 대신 내주겠다고 했다. 나이트클럽 출구에서 남자애들을 기다리며 j는 즐겁긴 했지만 이곳에 오는 건 오늘이 마지막일 것이라고 예감했다. 그리고 그것은 j의 많은 예감들처럼 역시나 틀리고 말았다. 특히 스물아홉번째 생일을 나이트클럽에서 맞게 될 줄은 상상조차 하지 못했다. j와 쥰은 함께 나온 남자애들과 술을 더 마시면서 게임을 하다가 집에 가야 한다고 말하고는 서둘러 가방을 챙겼다. 남자애들은 어리둥절한 표정으로 j와 쥰을 바라보았고, 둘은 약간 취한 채로 새벽의 거리를 걸어 귀가했다.

쥰은 나이트클럽이 너무 마음에 든다고 했고, 한동안 친구들을 만나면 그날 저녁엔 꼭 나이트클럽에 데려갔다. 그사이 j에게 첫번째 남자친구가 생겨서 j는 그에게 몇 번 거짓말을 해야 했다.

*

　j의 첫번째 연애는 j 자신조차 이해할 수 없는 감정을 불러일으키는 종류의 것이었다. j는 자신 안에 그렇게 많은 분노와 불안이 존재한다는 걸 연애를 하며 처음 알게 되었다. j의 연인은 아주 다정하지는 않았지만 j가 터뜨리는 감정을 잘 참아내는 편이었다. 두 사람은 서로가 첫 연인이었고, 결혼을 제외하고 보통의 연인들이 하는 거의 모든 것을 다 했다. 헤어지고 나서 j가 느낀 감정은 슬픔보다는 안도감이었다. 자신의 분노와 불안을 더이상 마주하지 않아도 된다는.

　j와 그는 헤어지고 나서도 서로의 생일엔 꼭 안부 메시지를 보냈다. 그리고 j는 아주 오랫동안, 그와 헤어지지 않았다면 어땠을지 생각했다. 다른 사람과 연애를 하면서도 그와의 기억에 사로잡힐 때가 많아 두 명과 연애하는 듯한 기분을 느끼곤 했다. 그 기분이 사라진 것은 그가 j의 생일에 메시지를 보내지 않았을 때였다. 며칠 뒤 그는

　'깜빡 잊었어. 와, 잊는 날이 오기도 하는구나.'

라는 메시지를 보냈다. 감탄사만 없었어도 기분이 이렇게까지 나쁘진 않았을 텐데, j는 그런 생각을 했고 그뒤로 그와 연락하지 않았다. 그제야 j의 연애는 온전히 둘이 하는 것이 되었다. 그래도 가끔 j는 그의 흔적을 찾아 헤맸다. j는 자신의 먹먹한 기분을 SNS에

기록해두곤 했는데, 그도 그러리라 생각했기 때문이었다. 여러 도메인들이 없어졌다가 새로 생겨났고, 그러는 동안에도 그의 기록은 꼭 어디엔가 남아 그의 삶을 유추할 수 있었다. 이사를 다닐 때마다 사라졌다 나타나는 공책들처럼.

j의 두번째 연애는 첫번째보다는 무미건조했다. 두번째 연인은 SUV를 타고 다녔고, j는 그와 헤어지고서 그 브랜드의 SUV가 스쳐가기만 해도 정확히 알아볼 수 있었다. 세번째 연애는 주로 피시방에서 데이트를 했고, j는 그에게서 게임을 하며 현실의 시간을 빨리 흘려보내는 법을 배웠다.

*

할아버지는 j가 고등학교 2학년 때 죽었다. 장례식장엔 할아버지의 지인은 거의 없었고 이모의 회사 동료들만 가득했다. j와 이모는 상주 휴게실에 누워 가장 작은 곳을 예약하길 잘했다는 이야기를 나누었다. 간병인과 간병인의 남자친구도 장례식장에 왔다. j는 발인식에서 간병인의 남자친구가 조금 우는 것을 보았다.

장례식을 마치고 집에 돌아왔을 때, j는 어딘가 꽉 막힌 듯한 느낌을 받았다. 이모는 할아버지의 방으로 거침없이 들어가더니 창문을 열고는 청소를 시작했다. 늘 깔려 있던 이불을 치우자 방이 훨씬 넓어 보였다. 이모는 이불보를 벗겨내어 세탁 바구니에 담고

걸레를 빨아와 방을 훔쳤다. j도 이모를 도와 할아버지의 물건들을 정리했다. 서랍에서 곰팡이가 슨 족보와 화선지 뭉텅이가 나왔다. 무릎을 꿇은 채 한참 동안 방을 닦던 이모가 손으로 장판을 꾹꾹 누르며

─어, 여기에 뭔가 있다.

하고 말했다. 이모와 j가 장판을 들추자 지폐 몇 장과 비닐백에 든 푸른색 알약이 보였다. 지폐는 자신이 할아버지에게 준 용돈인 것 같다고 이모가 말했다. 할아버지가 거동을 할 수 없게 된 뒤로도 자꾸 용돈을 달라고 했다는 것이었다. 돈을 모아 계산해보니 십삼만 이천원이었다. 알약의 정체는 통 알 수가 없었다. 이모와 j는 그 돈으로 외식을 했다. 둘이 그날 먹은 것은 캘리포니아롤이었고, 이모는 먹는 내내 감탄했다. 이모는 그뒤로도 종종 외식 메뉴로 캘리포니아롤을 선택했다.

*

j가 나이트클럽에서 보낸 많은 밤들 중엔 크리스마스이브도 있었다. 당시 j는 두 번의 짧은 연애를 막 끝낸 뒤라 연말까지 아무 약속이 없는 상태였다. 마침 호주 유학을 앞두고 있던 준이 친구들을 불러모았다. 어쩌면 올해가 친구들과 함께하는 마지막 크리스마스일지도 모른다며.

―시내에 있는 그 나이트클럽 지붕이 열린대. 오늘 눈 온댔는데, 지붕 열리면 멋있지 않겠어?

　테이블비는 비쌀 것이고 사람이 많을 것도 뻔했지만, 딱히 할 만한 것이 생각나지 않았고 또 지붕이 열리면 어떤 모습일지도 조금 궁금했으므로 모두 쥰의 의견에 따르기로 했다. 낡은 융단이 깔린 계단을 내려가 거대한 문을 열었을 때, 젊은 웨이터는 당황한 표정으로 무전기에 대고 뭐라고 얘기했다. 그리고 이내 쥰의 어깨에 손을 올리며 말했다.

　―언니들, 자리가 다 찼대. 잠깐 메뚜기 해도 괜찮아?

　쥰이 망설임 없이 알겠다고 하자 웨이터가 그들을 어딘가로 안내했다. 웨이터는 사람들로 붐비는 홀의 뒤편을 지나, 작은 통로를 지나, 아주머니들이 과일을 깎고 있는 주방을 지나, 또다시 좁은 복도를 지나, '아리랑'이라고 쓰인 문 앞에서 멈춰 섰다. 가로로 긴 테이블이 네 개 정도 있었고, 테이블 위엔 비닐 테이블보가 깔려 있었다. 웨이터가 눈웃음을 치며 말했다.

　―여기 우리 직원 식당인데, 잠깐 앉아 있어. 자리 금방 날 거야. 좋은 데로 줄게. 자, 가방은 나한테 주고. 웨이터 보내서 부킹도 금방 해줄 테니까 부킹 가면 그 테이블이 자기들 자리인 것처럼 놀고 있어.

　웨이터가 나가고 문이 닫히자 쿵쿵대던 비트 소리가 작아졌다. 아니 작아지다못해 사방이 적막해졌다. 그러자 구석에 달린 작은 티브이에서 나오는 드라마 대사가 들렸고, 얼음 제조기에서 얼음이 후드득 떨어지는 소리도 들렸다. 얼음이 참 무심하게도 떨어지네, j는 생각했고, 주방 담당으로 보이는 아주머니가 안으로 들어와 j의 옆에 앉았다.

　—아가씨들, 과일 깎아줄까, 응?

　j가 대답도 하기 전에 아주머니는 사과며 바나나며 이것저것 깎아 플라스틱 접시에 담아주었다. 그러고는 j와 친구들에게 아주 예쁜 나이라고 했다. 과일을 많이 먹으라고도 하더니, j의 입에 사과를 하나 넣어주고는 곧 드라마에 집중하기 시작했다. 드라마는 단한 장면으로 모든 내용을 유추할 수 있는 종류의 것이었다. 여자 주인공은 오래 만나다 헤어진 전 남자친구와 현재 사귀고 있는 남자 사이에서 갈등하고 있었고, 여자 주인공의 어머니는 불륜을 저지르는 중이었다. 아주머니는 방송국에서 고용한 방청객처럼 호응하다가 누군가 부르자 주방으로 사라졌다.

　그날 밤 '아리랑'에 들어온 웨이터는 없었다. 사과의 표면이 말라붙고 갈색으로 변색될 때까지도 j와 친구들은 그곳에 앉아 있었다. 자리도 나지 않은 것 같았고, 당연히 부킹 또한 하지 못했고, 웨이터는 아예 그들을 잊은 것 같았다. 눈이 온다더니 비가 와서 지붕도 열리지 않았다. 얼음 제조기에서 얼음이 떨어지는 소리에 문득문득 놀랄 뿐, 매우 고요했다.

　j가 잠깐 졸고 일어났을 때 '아리랑'은 웨이터들로 북적였고 모

두가 식판을 들고 줄을 서 있었다. j와 친구들을 알아본 웨이터가 미안하다며 아침밥이라도 먹고 가라고 했다. j는 그제야 날이 밝아 올 때까지 잠을 잤다는 걸 깨달았다. 메뉴는 제육볶음과 된장찌개였다. 숱 많은 속눈썹을 붙인 웨이터 하나가, 아, 이모 좀더 주세요, 했고, 과일을 깎아주었던 아주머니가, 허구한 날 다 남기면서 뭘, 이라고 대꾸했다.

집에 가는 길에는 빗물 때문에 싸구려 구두가 다 젖었다. 아침밥을 많이 먹어서 배가 불렀고, 술을 마시지 않아서인지 날씨가 춥게 느껴졌다. 로터리에 놓인 커다란 크리스마스트리에 전구가 달린 줄이 둘둘 감겨 있었다.

*

장판 아래에서 나온 푸른색 알약이 비아그라였다는 것을 j는 후에 알게 되었다. 용돈과 마찬가지로 할아버지에게는 쓸 일이 없는 것이었다. 그러나 j와 이모는 용도와 관계없이, 할아버지가 그것을 어디에서 구했는지 궁금했다. j는 이모에게 간병인의 남자친구가 종종 왔었다고, 혹시 그가 준 것은 아닐까, 하고 말했다. 이모는 갸웃하며, 그가 정말 그것을 준 게 맞는다면 도대체 무엇 때문에 대소변도 못 가리는 남자에게 비아그라를 주었을까, 하고 중얼거렸다.

j는 그날 밤 엄마와 할아버지가 그 푸른색 알약을 나누어 먹는 꿈을 꾸었다.

—j야, 너도 와서 먹어라.

꿈속의 엄마가 말했고, 그것 때문에 엄마와 할아버지가 싸웠다. 둘은 생전에도 쓸데없는 일로 자주 싸우곤 했다. j가,

—엄마, 그거 비아그란 거 다 알아.

하자 엄마는,

—네 나이에는 안 먹어도 되나?

하고 말했다. 꿈에서 깨어난 j는 처음으로 자신의 엄마와 할아버지가 매우 닮았다는 것을 깨달았다.

*

이모는 가끔 이런 이야기를 해주었다.

—내가 이십대 초반의 일이다. 길을 걷다 낯이 익은 여자애를 만난 거야. 그 여자애도 날 알아봐서 서로 반갑게 인사했지만, 어디서 만났는지 도저히 기억이 나질 않았어. 한참 동안 손을 잡고 방방 뛰다가 결국엔 그 여자애도 나도 묻게 된 거야. 그런데 우리가 어디서 만났더라, 하고. 우린 빵집에 가서 오랜 시간 이야기를 나누었다. 우린 동창도 아니었고, 동네 친구도 아니었고, 회사에서 만난 사이도 아니었지. 결국 알아내지 못하고 연락처만 주고받은

뒤에 헤어졌다. 그런데 집에 돌아가는 길에 생각난 거야.

이 이야기는 j가 나이트클럽에 간다고 한 밤마다 반복되었으므로 j는 답을 알고 있었다. 하지만 이모는 꼭 한 박자 쉬고는 중대한 비밀을 말하듯 j에게 속삭였다.

—우리가 만난 곳은 록카페였다. 밤새 신나게 춤추며 논 사이였던 거야. 난 그 여자애에게 연락하지 않았어. 그뒤로 내가 록카페에 간 일도 없었고.

그렇다고 이모가 나이트클럽에 가는 j를 나무란 적은 없었다. 심지어 가끔은 용돈을 주기도 했다. 이모가 캘리포니아로 떠나고 나서도 j는 나이트클럽에 놀러갈 때마다 이 이야기를 떠올렸다. 이모와 할아버지는 참 닮은 구석이 없었다.

*

자정이 지나 친구들은 케이크에 초를 꽂았다. 음악소리 때문에 친구들이 뭐라고 하는지 하나도 들리지 않았다. 박수를 치길래 j도 따라서 박수를 쳤는데 알고 보니 생일 축하 노래를 부르는 것이었다. 웨이터가 테이블로 와서 친구들 중 하나와 몇 마디 대화를 나누고는 누군가에게 손짓을 하자 음악이 생일 축하 노래로 바뀌었다. 돌잔치 때나 술집에서 자주 들을 수 있는 뻔한 편곡의 노래였다. 홀에 사람이 없어서인지 음악소리가 점점 커지는 것 같았고,

j는 부끄러워서 주변을 둘러보았다. j의 무리처럼 끌려들어온 여자애들 몇몇이 소파에 기대앉아 이쪽을 쳐다보고 있었다.

j는 입안으로 하품을 삼켰다. 정말 길고 지루한 시간이었다. j는 네번째이자 가장 최근까지 만난 남자친구와 밤새 번갈아 운전하며 여행을 떠났던, 졸음을 참기 힘들었던 밤을 떠올렸다. 여행지는 서울에서 차로 다섯 시간이 넘는 거리인데다 둘 다 늦게 퇴근한 후에 바로 떠난 길이라 피곤이 몰려와서 깜빡깜빡 졸았다. 맞은편 차량의 헤드라이트가 비칠 때마다 둘은 가라앉는 의식을 끌어당겼다.

j와 남자는 졸음을 쫓기 위해 시끄러운 음악을 틀거나 간단한 게임을 하기도 했지만 효과는 미미했다. 둘은 결국 잠을 깨기 위한 제일 좋은 방법은 대화라는 것을 깨달았는데, 얘깃거리는 금방 동이 났다. 그렇게 해서 둘은 최초의 기억을 비롯해 지금까지 인상 깊게 남은 인생의 사건에 대해 말하기로 했다. 남자는 자신의 첫 기억은 사촌형이 만두를 먹다가 토하던 모습을 본 것이라고 했다. 토해낸 만두가 형의 손이며 옷에 다 묻었고 형은 그걸 문에 바르며 울었다고 했다. 지금 생각해도 너무나 이상한 광경이라며, 형이 귀신에 씌었던 것은 아닐까, 생각한다고 덧붙였다. j는 형이 그날 왜 만두를 먹었는지, 또 왜 토하며 울었는지 물었지만 그는 전혀 모르겠다고 했다.

j에게 남아 있는 최초의 기억은 엄마와 함께 할아버지를 만나러

간 것이었다. 처음으로 기차를 타고 멀리 떠난 날이었고, 그날따라 엄마가 다정해서 기분이 좋았다. 기차의 창문으로 들어오는 봄볕이 따뜻했다. 막상 할아버지를 만났을 때 할아버지와 엄마가 좀 싸우긴 했지만 그래도 자신에게는 잘 대해주었다고, 할아버지가 자신을 위해 과자며 사탕을 많이 사두었던 것도 기억한다고 j는 그에게 말해주었다.

남자가 자신의 첫 자위에 대해 말하고 난 뒤에 j는 늘 술에 취해 있던 엄마와, 엄마가 자신이 만나던 남자들에게 아빠라고 불러보라고 했던 것에 대해 얘기를 꺼냈다. 남자는 한동안 아무런 대꾸도 하지 않았다. 잠시 생각에 잠기는가 싶더니 그가 말했다.

―그런 종류의 얘기들은 듣고 싶지 않아.

왜냐고 j는 묻지 않았다. 남자가 자신의 아버지가 술과 도박 문제가 있었다고 얘기했을 때, j도 알 수 없는 불안감을 느꼈기 때문이었다. 동이 틀 무렵에야 둘은 숙소에 도착했고, 겨우 안도하며 짧은 잠을 청했다. 자는 동안 j는 헤드라이트 불빛이 자신을 훑고 지나가는 것만 같아서 몇 번을 소스라치며 깼다.

둘이 정한 여행지는 s가 사는 곳과 가까웠다. s는 한 번의 결혼과, 한 번의 출산과, 한 번의 이혼과, 또 한번의 결혼과 이혼을 한 뒤 지방에 내려가 살고 있었다. s와는 여행 첫날 점심에 얼굴을 보기로 했다. j가 s에게 남자친구를 소개하는 것은 처음이었다. 그리고 j가 s의 아이를 보는 것도 처음이었다. 넷은 s의 단골 식당에서 같이 밥을 먹었다. 갈치조림 전문점이었다. 갈치에 뼈가 많아서 j가 조금 집어먹다 그만두자 남자가 큼직하게 바른 살을 j의 밥 위에 올려주었다.

s의 아이는 s와 닮은 구석이 없어 보였다. 아이는 쾌활했고, 시종 힘이 넘쳤고, 궁금한 게 아주 많았다. 아이는 남자에게 물었다.

―둘이는 결혼했어요?

―아니.

―결혼도 안 했는데 왜 같이 여행을 와요?

―친구끼리는 원래 같이 여행하는 거야.

―남자랑 여자가 어떻게 친구예요?

―크면 다 친구야.

s는 아이에게 다른 이야기는 하지 않았고, 나른한 목소리로 뛰면 안 돼, 라고 반복해서 주의를 주었다.

밥을 다 먹은 뒤 그들은 바다가 보이는 카페로 가 시간을 보냈다. 바다에 가고 싶다는 아이의 말에 s는 아직 추워서 안 된다고 답했지만, 아이는 고집을 꺾지 않았다. 그럼 십 분 정도 발만 담그고 나오자고 s가 말했고, 아이는 십 분이 어느 정도의 시간이냐고 되물었다. s가 j와 남자에게 바다에 다녀오겠다고 하자 남자가 자신이 아이를 데리고 다녀올 테니 둘은 카페에서 더 대화를 나누라고 했다. 아이는 그 말을 듣자마자 남자의 팔에 매달렸다. 그는 아이를 번쩍 안아올렸고 아이는 자지러지게 웃었다.

j는 남자가 아이를 내려놓고 손을 잡은 채 나란히 바다로 걸어가는 모습을 보며 s에게 우리도 그냥 같이 바다로 갈까요, 하고 물었다. s는 자신은 좀더 카페에 앉아 있겠다고 말했다.

—요즘은 커피 한 잔 느긋하게 마실 시간이 없어.

j는 그럼 잠시 다녀오겠다고 말한 뒤 바다를 향해 걸었다. 까끌거리는 모래가 신발 안으로 들어와 발걸음이 자꾸 지체되었다. j가 문득 뒤돌아서 s를 봤을 때, 그녀는 특유의 무기력하고 나른한 자세로 앉아 j를 보고 있었다. j는 그녀를 향해 손을 흔들었다.

후에 남자는 j에게 말했다.

—사촌형들이랑 얘기해봤는데, 그날 토한 건 사촌형이 아니라 나였대. 큰아버지랑 큰엄마, 우리 부모님이 형들이랑 나만 놔두고 잠시 어딘가 다녀온 날이었대. 그날 저녁으로 우리는 만두를 먹었대. 먹고 나서 형들이랑 나는 티브이 애니메이션을 봤는데, 내가 너무 재밌게 보길래 형들이 몰래 방에 숨었대. 한참 티브이를 보던 내가 형들을 찾았고, 형들은 방문을 안 열어주며 자기들끼리 방안에서 웃었대. 그건 그냥 장난이었는데 내가 울었고, 너무 울어서 만두를 다 토했대. 참, 어떻게 이 기억을 다른 사람의 것처럼 삼인칭으로 기억할 수가 있지?

*

호주에서 잠시 돌아왔을 때 쥰은 역시나 나이트클럽에 가자고 했다. 그게 마지막으로 쥰과 함께한 나이트클럽의 경험이었다. 그날은 뭔가 뻔했고, 지겨웠고, 즐겁지 않았다. 쥰은 이제 나이트클럽 대신 다른 걸 찾아야 할 것 같다고 말했다. 그게 뭐냐고 j가 묻자, 쥰은 나이트클럽과 비슷한 다른 것들이 곧 생겨날 거라고 답했다. j는 또 쥰에게, 그럼 우리는 나이트클럽의 어떤 점이 좋았던 걸까, 하고 물었다. 쥰은 잠시 고민하다가 말했다.

─나는 나한테 노력하는 사람이랑 노는 게 즐거워. 진심이 담겨 있지 않더라도 칭찬받는 게 좋고. 그런데 여기 있는 애들은 어떻게 한번 해보려고 칭찬해주고 노력하잖아. 나는 그럼 그 칭찬과 노력만 즐기다 가면 되는 거지. 앞으로도 나는 이런 곳에서 만난 애랑은 잠도 안 자고 두 번 다시 만나지 않을 거야. 그리고 그건 나에게 자랑스러운 일이야.

이런 곳, 하고 j는 곱씹어보며 나이트클럽에서 만난 어떤 남자애를 따라나섰던 일을 떠올렸다. j보다 한 살 어린 공대생이었는데, 그는 j를 보더니 매력적이라고 했다. j는 그런 이야기를 직접 들은 것이 처음이었고 기분이 좋아졌으므로 그와 함께 밤을 보냈다. j는 다음날 쥰에게 그 이야기를 해주었는데, 쥰은 흥미로워하며 깔깔 웃었다. 어땠냐고도 집요하게 물었다. 그래서 j도 웃으며 그날 밤을 상세하게 그려주었는데, 또 그런 것은 사실 별것 아닌 거라고 생각했었는데, 어쩌면 그 이야기를 쥰에게 한 것이 자신의 치부를, 결코 자랑스럽지 않은 일을 스스로 고백해버린 것은 아니었을까, 라는 생각이 들고 만 것이었다. 그러자 s가 떠올랐다. 그녀의 무기력함은 노력하는 사람을 좋아하지 않는 데서 생겨나는 게 아닐까 하는 생각이 잠시 스쳤고, 문득 이제는 구두를 신어도 물집이 잡히지 않는다는 것을 깨달았다.

*

새벽 한시가 될 때까지 홀은 텅텅 비어 있었다. 이 나이트클럽에 사람이 가득찰 수 있다는 것이, 가득찬 적이 있다는 것이 상상조차 되지 않았다. j는 화장실에 갔다가 옆 칸에서 새어나오는 희미한 울음소리를 들었다. 누군가와 통화를 하는 것 같았다. 엄마, 라고 하는 것도 같았고 오빠, 라고 하는 것도 같았다. j는 여자애가 통화를 마칠 때까지 변기에 가만히 앉아 있다가 통화가 끝나자 물을 내렸다. 여자애는 j가 나오고 나서도 한참이나 나오지 않았다. j는 세면대에서 아주 느리게 손을 씻었다. 여자애에게 괜찮냐고 묻고 싶었는데 공연한 일인가 싶어 망설이는 사이 여자애는 빨개진 눈을 잽싸게 화장으로 가리더니 서둘러 홀로 나갔다.

j가 화장실에서 돌아왔을 때, 90년대에 유행하던 발라드가 나

오고 있었다. 친구들은 요즘 90년대 음악이 대세라는 둥 이런저런 이야기를 하다가 이만 나가자고 했다. 웨이터가 가방을 가져다주며 허리를 깊게 숙이고 배웅을 했다. 친구들이 먼저 나갔고 j는 계산을 하는 동안 서둘러 여자애가 앉은 테이블을 찾아보았다. 여자애는 친구의 어깨를 투닥거리며 웃고 있었다.

j와 친구들은 케이크 상자를 들고 다시 거리를 헤맸다. 만두 트럭을 발견한 j가 그것을 사 먹자고 말했다. 말하면서 j는 이 정도 주장하는 것은 괜찮겠지, 심하게 맛이 없는 만두라고 해도 고작 삼천원이니까, 라고 생각했다. 친구 하나가 만두를 입에 넣다가 소리쳤다.

— 나이트클럽의 흥망사를 목격한 기분이라고!

친구가 만두소를 튀기며 말한 탓에 모두 웃었다. 이모에게서 또다른 메시지가 왔다. 생일 날짜를 착각해서 미안하다는 내용이었다. j는 캘리포니아의 해변을 걷는 이모를 상상했다. 캘리포니아의 대형 마트에서 장을 보고, 빨래를 널고, 건조한 날씨 덕에 금방 빳빳하게 마른 빨래를 걷는 이모를 생각했다. 그러고 보니 캘리포니아에서는 캘리포니아롤을 팔까. 생각하다보니 마치 자신이 그곳에 있는 듯한 기분이 들었다. 캘리포니아의 대형 마트에서 장을 보고, 빨래를 널고, 빳빳해진 빨래를 걷은 뒤, 캘리포니아롤을 조심스레 씹는 자신을 상상했다. 그러자 그것이 이미 겪은 일처럼 느껴지기까지 했다. 삼인칭 기억, 그것이 j가 이번 연애를 마치며 배운 것이었다.

　이모가 보낸 메시지에는 사진 하나가 첨부되어 있었다. 그것을 누르는 찰나, j는 이십구 년의 시간이 지나간 느낌을 받았다. j는 앞으로의 모든 삶이 이렇게 지나가리라 예감했다. 그런 예감은 언제나 틀렸지만.

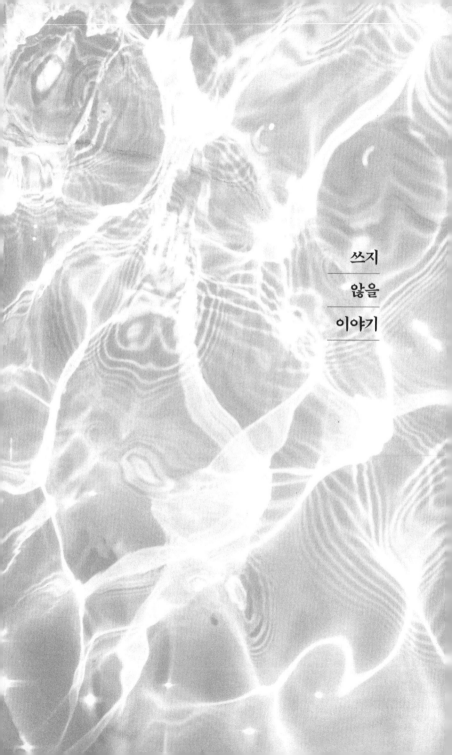

쓰지

않을

이야기

소설 속에서 나는 가족을 골고루 죽였다. 엄마를 죽인 것은 다섯 번, 할아버지를 죽인 것은 세 번, 삼촌도 세 번, 동생은 두 번이다. 그 와중에 아빠는 죽인 적이 없는가 하면, 그건 좀 애매하다. 계속 자살 시도를 하는 좀비가 된 아빠에 대해서 쓴 적은 있다. 그러나 소설 속에서 아빠는 좀비이기 때문에 끝내 살아난다. 아니, 죽지 않는다. 소설 속 주인공은 자신의 아빠가 죽은 건지 아닌 건지 애매한 상황이라 사망 보험금을 받을 수 있을지 궁금해한다. 어쨌든 좀비가 된 것도 죽은 거라고 친다면 아빠를 죽인 것은 한 번으로, 가족 중 제일 적은 횟수다. 동료 소설가 Y에게 이 얘기를 했다. Y는,

—그러고 보니 나도 부모님 다 죽였네. 얼마나 증오가 큰지 그냥 죽이는 걸로도 모자라서 투병까지 하게 했어.

―우리 마음에 반사회적인 무언가가 있는 걸까?

―모르지 뭐. 어쨌든 좀비라…… 흠, 그럼 수도 없이 죽인 걸로 쳐야 하는 거 아냐?

그런가. 만약 증오의 크기만큼 소설에서 가족을 죽이는 것이라면, 아빠에 대한 증오의 크기는 애매하긴 했다. 이십 년 동안 아빠는 일 년에 한두 번 일주일 정도 집에 머물렀고, 그것이 엄마의 무언가를 자극해 매번 새벽까지 부부싸움을 했지만, 나로선 그냥 잠을 좀 설칠 뿐 증오로까지 이어지진 않았다. 그랬던 것 같다.

*

중국과 홍콩을 오가며 살던 아빠는 전염병이 돌자 곧장 귀국했다. 아빠가 이십 년 동안 뭘 하면서 살았는지는 모르겠다. 하지만 한 가지 사실은 확인할 수 있었는데, 그건 이제 아빠 명의로 통장을 개설할 수 없다는 것이었다. 아빠가 별일 아닌 것처럼 얘기해서 우리 모두 별일 아닌 것처럼 행동했지만 나는 따로 자취중인 동생의 학교 앞으로 찾아가 이 얘기를 했다. 아빠에 대해 알고 있는 모든 정보를 조합했는데도 아는 것이 별로 없어서 대화는 금세 끝났다. 동생의 자취방에서 라면을 끓여먹고 집에 돌아왔다.

아빠는 거실에 접이식 토퍼를 깔고 그 위에서 생활했다. 어느 채널에서나 동물 다큐멘터리를 한다는 걸 나는 아빠를 통해 알게 되었다. 어느 날 아빠는 전염병이 쉽게 사라지지 않을 거라는 뉴스를 보더니 자신에게 방을 하나 달라고 했다. 엄마는 동생 방을 내줬다. 아무리 자취중이라고 해도 주인이 있는 방을 마음대로 쓰게 해도 되나 싶었지만, 동생은 순순히 그러라고 했다. 알고 보니 동생은 엄마에게서 아빠의 연금 통장을 받아 그걸로 월세를 내고 있었다.

　─연금 통장은 건드리지 않나본데?

　나는 또다시 Y에게 말했고, 우리집과 사정이 비슷한 그는 자신의 아버지도 연금을 받고 있는 것 같다고 말하며 덧붙였다.

　─아무리 잘못 살아왔어도…… 죽지는 말라는 소리겠지.

　─하지만 나는 국민연금을 내지 않고 있는걸.

　─넌 잘못 살아왔고…… 그냥 죽으라는 소리겠지.

　아빠가 방을 쓰기 전에 동생은 자신의 물건들을 따로 보관해달라고 했다. 나는 박스 하나를 사서 동생의 책과 노트 등을 담다가 동생이 학창시절에 쓴 일기장을 발견했다. 일기장엔 엄마 욕이 페이지마다 적혀 있었다. 동생이 소설가라면 엄마를 열 번도 넘게 죽였을 것이다. 나는 일기장을 박스 맨 아래에 숨겨놓았다.

*

　p와 만나는 날이다. p와 하는 일 중 제일 싫은 것. 새로운 장소

에서 자기. 그나마 나은 것. 모텔이 늘어서 있는 골목 걷기.

*

　지하철을 타고 p가 사는 도시로 왔다. 간다라고 말하고 싶지만 온다가 더 적확한 표현 같았다. p를 만나기로 하면 이상하게 나는 벌써 그곳에 도착한 기분이 들었다. 역에서 북쪽 출구로 나오면 큰 광장이 하나 있었다. 광장 바닥은 나무판자로 되어 있는데, 그래서 그곳을 걸을 때마다 발소리가 울리고, 나는 내 발소리를 잘 듣고 싶어서 광장에 도착하면 매번 긴장했다. 역 바로 앞 골목 입구에는 중고 서점이 있었다. 나는 서점을 구경하면서 p를 기다리고 싶다는 생각을 했다. 하지만 p는 약속 시간보다 항상 먼저 왔다. 먼저 와서 그는 서점조차 구경하지 않고 광장의 나무 벤치에 멀뚱히 앉아 있었다. 나는 멀리서 손을 흔들었다. 그가 나를 발견할 때도 있고 아닐 때도 있지만 나는 늘 손을 흔들었다. 그러고 나서 우리는 걸으며 저녁 메뉴에 대해 얘기했다. 둘 다 확실하게 선택하는 것보다는 언제라도 빠져나갈 구멍을 만들어놓는 걸 좋아하는 성격이라 메뉴를 정하기까지 굉장히 오래 걸린다. p는 빵을 좋아하고 나는 한식을 좋아한다. 그래서 평소처럼 저녁은 한식을 먹고, 편의점에 들러 간식으로 먹을 빵을 몇 개 샀다. 네 캔에 만원인 맥주도 같이 샀다. 그리고 모텔이 늘어선 골목을 걸었다.

p와 만난 지 얼마 안 됐을 때만 해도 여러 모텔에 갔고, 그때마다 낯선 곳이라 불안해선지 악몽을 꿨다. 이제는 한곳을 정해두고 간다. 수납장 뒤에 먼지가 없고 또 욕조가 있어서 마음에 든 곳. 우리는 씻고 맥주를 마시며 티브이를 봤다. 그러다 나는 잠들고, 나보다 늦게 잠드는 p는 빵을 먹었다. 부스럭거리는 소리에 나는 한차례 깨어났다. p가 빵을 먹는 모습을 보며 졸다 깨다 했다. 아마 내 집이었다면 침대에서 절대로 뭘 못 먹게 할 텐데, 여긴 누구의 집도 아니니까.

우리는 퇴실 시간에 맞춰 일어났다. 점심 메뉴를 정하며 전날과 반대로 걸어서 광장으로 나왔다. 광장엔 자고 있는 부랑자가 몇 있었다. 나는 부랑자라는 말을 아빠에게서 처음 배웠다. p에게 그 이야기를 했다. 꽤 긴 이야기여서 우리는 역 주변의 골목골목을 오래도록 걸었다. 그렇게 오래 걸으면서도 여전히 메뉴 선정에 난항을 겪었다. 우리는 언제라도 빠져나갈 구멍을 만들어놓는 걸 좋아하는 성격이다.

*

p가 사는 도시는 내가 스무 살 때까지 살았던 곳이다. 나는 이 도시에서 다섯 살부터 스무 살까지 살았다. 때문에 이 도시로 오는 지하철을 탈 때마다 나는 회귀라는 것에 대해 생각한다. 회귀

라는 단어는 이상하게 거북이가 알을 낳는 다큐멘터리 속 장면을 떠오르게 하는데, 실제로 거북이가 회귀를 하는지는 모르겠다. 연어가 산란을 위해 태어난 곳으로 돌아가는 것은 알고 있다. 노래도 있지 않은가. 하지만 거북이에 대해서는 잘 모르겠다. 휴대폰으로 '거북이 회귀'라고 검색하자, 방류한 거북이가 한국에 돌아왔다는 기사 하나가 나왔다. 내용을 보니 딱히 산란을 위해 돌아온 것은 아닌 것 같았다.

p와 늘 가는 모텔이 있는 골목은 내게는 좀 특별한 곳이다. 이 골목 입구에서 엄마가 이십사 시간 분식집을 했었다. 상호명은 오복분식으로, 엄마는 그 흔한 이름을 철학관에서 돈을 주고 지어왔다. 내가 열 살 때까지 운영했었는데, 막상 골목에 서니 정확한 위치가 기억나지 않았다.

―이쯤인데……

그러자 p가 아무 건물이나 가리키며,

―여길까? 아님 여기?

라고 물었다. 나는 몇 가지를 기억해냈다.

―가게 맞은편에 금파여인숙이 있었어.

p는 관심 없는 것처럼 행동해놓고는 금파여인숙의 간판을 찾아냈다. 이십 년도 더 지났는데 아직 있다니. 너무 놀라워서 나는 p의 팔짱을 꼈다.

간판 옆에 이층의 카운터로 진입하는 좁은 입구가 있었고, 나는 그곳을 보자마자 경사가 가파른 그 계단을 무서워했던 것이 기억 났다. 금파여인숙 주인은 노파였는데, 아빠가 그녀를 스스럼없이 엄마라고 불렀던 것도 기억이 났다. 아빠는 다른 사람들을 쉽게 친족의 호칭으로 불렀고, 골목 사람들은 아빠에게 자꾸 뭘 줬다. 엄마가 분식집에서 김밥을 말고 국수를 무칠 동안 아빠는 골목 사람들과 어울리며 시간을 때웠다. 나는 학교가 끝나면 곧장 분식집으로 갔고, 주로 가게 구석에 있는 테이블에 앉아서 숙제를 하며 시간을 보냈다. 간혹 주방 이모가 교대 시간에 늦으면 나는 금파여인숙에 맡겨졌다. 금파여인숙 카운터 뒤에 굉장히 좁은 공간이 있었는데, 주인 할머니는 내게 보풀이 인 밍크 담요를 덮어준 뒤 재우려고 애썼다.

—애야, 담요를 가슴에서부터 배까지 쓸어내려봐라.

그러면 나는 시키는 대로 했고, 몇 번 반복하다보면 금세 잠이 들었다. 하지만 아주 오래도록 잠이 오지 않는 날도 있었다. 손님들은 키를 받아가면서 나에 대해 물었다. 나는 그 사람들이 무서워서 좀체 잠을 잘 수 없었다. 하지만 금파여인숙 카운터 뒤에 무서움을 달래줄 만한 것이 있을 리가 만무했다. 나는 벽에 걸린 많은 열쇠들과 그 열쇠들에 쓰인 숫자를 읽으며 시간을 보내다가 새벽이 돼서야 나를 데리러 온 엄마의 등에 업혀 잠들곤 했다. 그때 아빠는 어디에 있었을까?

어떤 날은 아침까지 아무도 날 데리러 오지 않았다. 어두운 카운터 뒤에서 할머니는 총각김치와 계란프라이로 아침을 차려 내게 먹였다. 할머니는 총각김치를 꼭 내 입에 넣어주었는데, 어느 날부턴가 나는 그걸 받아먹지 않았다. 할머니가 아빠에게 말하는 것을 엿들었기 때문이었다.

—애가 웃긴다. 내가 김치를 드니까 입을 아, 벌리고 가만히 있더라. 집에서 그렇게 키우나?

그로부터 이십 년도 더 지났다. 금파여인숙을 운영하는 사람이 여전히 그 할머니가 맞을지 궁금했지만, 그렇다 하더라도 나는 알아보지 못할 것이 분명했다.

*

p를 만나지 않는 날에는 주로 누워서 지낸다. 내 방엔 갖다 버리고 싶을 정도로 책이 많고, 실제로 갖다 버리려고 한 적도 있었다. 하지만 버리는 것도 에너지가 필요한 일이다. 나는 p를 만나기 전에 사귀었던 애인들의 사진도 아직 정리를 다 못했다. 심지어는 종종 꺼내 보기도 한다. 의미가 있는 것은 아니고, 그냥 거기에 있는 나를 보기 위해서다. 예쁘다고 생각한 사진만 남겨놔서인지 지금보다 좋아 보인다. 몇 년 전에 죽은 고양이 사진도 있다. 플래시가 터지는 바람에 사진 속 고양이는 다 눈이 빨갛다. 실물이 훨씬 예뻤는데. 그래도 하나도 버리지 않고 다 모아두었다. 어릴 때부

터 스무 살이 되면 고양이를 기르겠다고 선언했던 나는 이 도시로 이사한 지 한 달 정도 되었을 때 고양이를 데려왔다. 고양이의 전 주인은 젊은 부부로 양가 부모님의 반대 때문에 키울 수 없게 되었다고 했다. 부부는 캣 타워와 함께 고양이를 차에 싣고 꽤나 먼 거리에서 우리집까지 왔다. 여자는 고양이를 집에 두고 나가면서 울었다. 나는 그들이 지어준 이름으로 고양이를 불렀다. 고양이가 죽을 때까지. 고양이는 내가 서울에서 아르바이트를 하고 있을 때 죽었다. 동물병원에서 온 연락을 받자마자 사장에게 양해를 구하고 서둘러 나와 택시를 탔다. 병원에 도착하니 먼저 온 엄마와 동생이 울고 있었다. 엄마는 고양이를 쓰다듬었다. 쓰다듬으면서,

　—넌 죽어서도 털이 정말 많이 빠지는구나.

하고 말했다. 나도 죽은 고양이의 털을 빗기며 울었다. 그때를 생각하면 언제든 울 수 있는데, 별로 울고 싶은 기분이 아니라 사진을 다시 넣어두었다. 나는 지금도 고양이 두 마리를 키우고 있다. 요즘은 고양이를 만지기 전에 손을 씻고 옷을 갈아입는다. 이종 간이라도 혹시 병이 옮을지도 모르고, 어쨌든 찝찝해서다.

　점심을 먹으려고 간신히 일어나 거실로 나가자, 음 소거를 해놓고 동물이 나오는 프로그램을 보고 있던 아빠가 나를 반겼다.

　—언제 일어나나 기다리고 있었지.

　나는 엄마가 해놓고 간 반찬들을 식탁에 늘어놓았다. 뭐가 정말 많아서 그것들을 꺼내는 와중에 냉장고에서 문 열림 경고음이 울

렸다. 그러는 동안 아빠는 전기 포트에 물을 끓였다. 아빠는 밥을 먹을 때 꼭 뜨거운 차를 곁들여 먹었다.

　─넌 기름진 걸 많이 먹으니까 내가 없더라도 밥 먹을 땐 꼭 차를 같이 마셔라.

　아빠는 찻잔에 내 몫의 차를 따르고는,

　─중국 사람들은 그렇게 해.

라고 덧붙였다.

　밥을 다 먹고 내가 설거지를 할 동안 아빠는 베란다로 가서 고양이 화장실을 치웠다. 그러면서,

　─대통령이 고양이 똥 치우는 사진 봤니?

하고 물었다. 나는 물소리 때문에 안 들리는 척했고, 아빠는 베란다 청소를 시작했다. 아빠는 옛날부터 청소를 잘했다. 청소 자체를 좋아하는 건지 청결에 대한 기준이 엄마나 나와 다른 건지는 잘 모르겠지만, 엄마가 나가서 일을 할 때도 아빠는 집에서 청소를 했다. 사각팬티만 입고 땀을 뻘뻘 흘리면서 바닥을 박박 닦았다. 티브이 받침대의 먼지를 털고, 리모컨들을 모아 테이블에 크기별로 올려두었다.

　청소를 이렇게나 열심히 하는 아빠인데도 내게는 이런 기억이 남아 있다. 아빠가 나를 업고 미친듯이 오복분식으로 뛰어간다. 엄마는 김밥을 말다가 우리를 보고 놀란다. 아빠는 나를 업은 채로 엄마에게 화를 낸다.

—대체 왜 색 있는 옷이랑 흰옷을 같이 돌리는 거야!

기억은 여기까지다. 원래 기억이라는 것에는 기승전결이 없기는 하지만, 그래도 뭔가 애매하긴 하다. 빨래만은 아빠가 하지 않았던 것일까? 엄마는 그뒤로도 평생 옷을 다 한꺼번에 돌렸고 나도 좋아하던 옷을 여럿 버려야만 했다.

베란다 청소를 끝낸 아빠가 내게 마트에 가자고 했다.

*

오복분식이 있던 곳으로 추정되는 자리는 두 곳이었다. 하나는 폐업한 나이트클럽 앞 공터, 다른 하나는 중국인이 운영하는 식당이었다. 나는 휴대폰으로 두 군데의 사진을 찍어서 아빠에게 보냈다. 사진을 찍으며 오늘 저녁엔 중국인이 운영하는 저 식당에 가보는 게 어떻겠느냐고 p에게 물었다. 우리는 식당 밖에 서서 안쪽 벽에 걸린 메뉴판을 구경했다. 짜장면이나 짬뽕 같은 것은 없었고, 메뉴판 옆에 개구리튀김이라고 적힌 종이가 따로 붙어 있었다. 나는 p에게 개구리를 먹어보았느냐고 물었다.

—개구리를 먹을 일이 있나?

—난 먹어봤어.

사실 먹어보지 않았다. 하지만 죽은 개구리와 키스를 한 적은 있었다. 가족과 시골에 갔을 때였다. 아빠와 이모부들이 어디론가 다녀온다며 나가더니 개구리를 잡아서 돌아왔다. 그들은 그것을 석쇠에 구웠고 나는 눈을 질끈 감았다. 아빠가 개구리 왕자, 라고 말하며 구운 개구리를 내 입에 갖다댔다.

밖에서 계속 메뉴판을 보고 있자 주인이 친절히 문을 열어주었다. 우리는 새로운 메뉴에 도전을 못하는 만큼 거절도 못하는 성격이다. 안으로 들어가 볶음면과 토마토달걀볶음, 고기튀김을 시키고 기다리고 있는데 아빠에게서 답이 왔다.

'거긴 왜 갔니? 오늘 집에 안 들어오니?'

갑자기 부끄러워졌다. 아빠, 나 오늘은 모텔에서 자고 가요, 이런 대답을 할 수도 없고 해서,

'둘 중에 오복분식 자리가 어디야?'

라고 보냈더니,

'사진으로는 잘 모르겠네.'

라는 답이 왔다.

주문한 음식들은 다 맛있었다. 언젠가 아빠를 만나러 중국에 갔을 때 먹은 것과 정말 흡사한 맛이었다. 이과두주도 시키고 싶었는데 p가 내켜하지 않는 것 같아서 관뒀다. 술을 안 마신다는 게 좀 아쉬웠지만 오늘처럼 가끔 새로운 메뉴에 도전해도 괜찮겠다는 생각을 했다. 식당에서 나오자마자 p는 향이 강해서 자신의 입맛에는 별로 맞지 않았다고 말했고, 나는 네가 중국 여행을 간다면 매우 힘들어할 것이라고 대답했다. p는 여행을 싫어하므로 아

마 중국에 가는 일은 없을 것 같았지만.

우리는 빵과 맥주를 사서 늘 가던 모텔로 갔다.

*

다음날 우리는 모텔을 나와 환한 햇빛 아래에 섰다. 바로 헤어지기 아쉬워서 커피를 마시고 중고 서점에 가자고 했더니 p가 집에 일이 있어서 일찍 들어가야 한다고 말했다. 그럼 서점에는 나 혼자 가겠다고 말하고 p를 버스 정류장까지 데려다주었다. p는 나 혼자 놀게 하는 것이 미안한지 내게 굳이 혼자 가야 하겠냐고 물었다. 나는 굳이 혼자 가겠다고 했다. p가 다음에 함께 가는 게 어떠냐고 몇 번이나 물었지만 대답하지 않았다. 그러는 사이 버스가 도착했다. p는 약간 망설이더니 버스에 올라탔다. 그는 버스가 내 시야에서 사라질 때까지 단 한 번도 나를 돌아보지 않았다.

갑자기 오기가 생겼다. p 없이도 오늘 많은 일을 해야겠다고 생각했다.

중고 서점에서 얇은 책을 한 권 사고 광장 벤치에 잠시 앉았다. 책을 펼치지는 않았다. 내 옆에서는 얼굴에 신문지를 덮은 남자가 자고 있었다. 얼굴을 가린다면 나도 아무데서나 잘 수 있을까. 많은 일을 해야겠다고 생각했는데 책을 사는 것 말고는 막상 할일이 없었다. 동생에게 연락을 했다. 뭘 하냐고 묻길래 그냥 벤치에 앉아 있다고 대답했더니, 예술가 납셨네, 라는 답이 돌아왔다. 동생의 자취방으로 가려면 전철을 두 번 갈아타야 했다. 나는 동생에게 오늘 좀 재워줄 수 있냐고 물었다.

*

동생을 만나 동생이 다니는 학교 앞 막걸릿집에 갔다. 대로변에 빨간 플라스틱 테이블이 여러 개 펼쳐져 있었고, 우린 그중 하나에 앉았다. 앉으면서 나는 동생에게,

—난 야외에서 술 마시면 어른이 된 기분이 들더라.

했더니,

—별게 다.

라길래 조용히 한 장면을 생각했다. 어린 시절 엄마 아빠의 손을 잡고 밤거리를 걷던 날들이었다. 엄마 아빠는 나를 데리고 걷다가 꼭 이런 곳에서 맥주를 마셨다. 간혹 치킨을 시키기도 했지만 주로 마른안주를 시켰다. 그럴 때면 나는 엄마 아빠가 어른처럼 보였다. 아직도 내게 어른이란 이미지는 야외 테이블에서 맥주를 먹는 것이다.

동생이 여기가 막걸릿집이긴 하지만 맥주가 맛있는 곳이라고 말해서 우리는 레드록 두 잔을 시켰다. 예전에 이런 장소가 나오는 소설을 쓴 적이 있었다. 막걸리보다 맥주가 더 맛있는 막걸릿

집에서 동생을 만나는 내용으로, 동생은 귀신이 되어 나타난다. 그 소설을 쓸 때 나는 동생과 단둘이 살고 있었다. 당시 아르바이트를 하던 동생은 스쿠터를 타고 출근했고, 나는 동생이 출근할 때마다 따라 나가서 동생이 스쿠터에 시동을 걸고 이내 멀어지는 모습을 바라봤다. 그리고 혼자 집에 들어가면서 동생에게 사고라도 날까봐 불안에 떨었다. 그러니까 소설 속에서 동생을 죽인 것은 동생을 너무 사랑했기 때문이었다. 우리는 두부김치를 시켰다. 맥주와 두부김치라니. 하지만 동생이 이곳은 두부김치가 맛있다고 해서 어쩔 수 없었다. 나는 동생에게 그간의 일들을 말했다.

—아빠랑 마트에 다녀왔어.

—어디?

—바로 옆 도시에 있는 마트.

—아, 거기.

—아빠가 운전하면서 뜬금없이 뭐랬는 줄 알아?

—뭐래?

—깡패라는 건 일종의 명함이래.

—갑자기 그런 말을 해?

—내 말이. 명함을 건네면 자기네들끼리 명함의 가치를 정하는 게 깡패들이 하는 일이래.

우리는 두부김치를 집어먹으면서 아빠의 직업이 혹시 깡패가 아닐지 걱정했다. 하지만 깡패가 정확히 뭘 하는지 우린 몰랐다.

나는 〈넘버 3〉라는 영화를 본 적이 있지만 동생은 제목조차 처음 듣는다고 했다. 나는 그런 영화가 있다고 말하면서 내가 너무 오래 산 것 같다는 생각을 했다. 아빠가 만약 깡패라면…… 깡패는 자신의 명의로 통장을 갖지 못하는 사람, 동물 다큐멘터리를 하루 종일 보는 사람, 집을 깔끔하게 유지하고 옷을 색깔별로 나누어서 빠는 사람을 말하는 게 아닐까.

　—오복분식은 알아?
　—그게 뭔데?
　—엄마가 예전에 했던 가게.
　—아, 가게 이름이 그거였어? 나야 태어나기 전이니까 나중에 들어서 알지.
　—그럼 너 개구리 먹은 적 있어?
　—개구리를 왜 먹어?
　—애인이랑은 잘 지내?
　—질문들이 다 왜 이래.
　—그냥…… 그런 게 궁금하네.
두부김치와 맥주는 역시 어울리지 않는 조합이었다.

*

　동생의 자취방으로 와서 씻고 누웠다. 누우니 집이 더 좁아 보였다. 머리가 덜 말라서 신경 쓰인다고 하자 동생은 베개에 수건을 깔아주었다. 천장을 보며 혹시 야광 별 스티커 같은 게 붙어 있을지도 모른다고 생각했는데, 불을 끄니 마냥 어두웠다.

—집은 마음에 들어?

—이 동네에서 이만하면 괜찮아.

—벌레는 안 나와?

—응. 언니는?

—나 뭐?

—괜찮아?

—모르겠어. 이제 그만해야겠어.

—쓰는 것을?

—쓰는 것을.

—우린 커서 뭐가 될까.

커서 뭐가 될까, 라는 말은 동생의 말버릇이었다. 분명히 두부김치를 먹을 때만 해도 내가 너무 오래 산 것 같다는 생각을 했는데, 어느새 나는 동생의 말처럼 커서 뭐가 될지 궁금해하고 있었다. 나는 동생에게 Y의 이야기를 해주었다. Y에게는 고양이 알레르기가 있다. 한번은 나를 만나는 동안 내내 재채기를 한 적이 있는데, 알고 보니 내 옷에 묻은 고양이 털 때문이었다. Y는 그래도 고양이가 너무 좋다고 했다. 평생 고양이를 키울 수 없다는 사실이 절망적이라고도 했다. Y가 절망적이라고 하자 나도 덩달아 슬

퍼졌다. 동생은 가만히 듣더니,

—그래서 갑자기 이 얘기는 왜 하는 거야.

라고 했다.

—그냥…… 누군가가 영원히 하지 못하는 일이 있다고 생각하니 슬퍼서.

—……

—알레르기 약도 안 듣는대.

동생이 조용히 등을 돌리며 이불을 끌어당겼다.

*

어둠 속에서 동생이 물었다.

—아빠 죽일 거야?

깜짝 놀랐고, 이내 소설 이야기라는 걸 깨달았다.

—언젠간.

—안 쓴다더니.

*

집에 돌아와 낮잠을 자고 일어나니 p에게서 메시지가 와 있었다. 집 앞으로 오겠다는 내용이었다. 나는 황급히 메시지를 보낸 시간을 확인했다. 삼십 분 전쯤 보낸 것이었다. p의 집에서 우리 집까지는 한 시간 정도가 걸리므로 아직 여유가 있었다. 나는 다시 누웠다. 누워서 중고 서점에서 사온 책을 읽었다. 책은 어떤 남자가 여자에게 다가가 말을 거는 장면으로 시작한다. 남자는 여자의 쭈그러진 얼굴이 젊었을 때의 얼굴보다 사랑스럽다고 말한다. 하지만 바로 다음 문단에서 그것은 여자가 오래도록 상상해온 장면이라는 것이 밝혀진다. p에게서 전화가 왔다.

—집 앞이야.

—이렇게 빨리?

밖을 내다보자 p가 주차장 한가운데에 흰색 차를 세워두고 담배를 피우고 있는 모습이 보였다.

—웬 차야?

—이따 말해줄게. 내려와.

화장실에 가서 거울을 보니 몰골이 엉망진창이었고, 내가 씻을 때까지 p가 기다려줄까 생각해보았다. 기다리지 않으면 뭐 어쩔거야, 하는 마음으로 살면 좋을 텐데. 혹시 p가 기다리다가 짜증이 쌓일까봐, 그럼 p와 함께 어디론가 가는 내내 불편해질까봐 나는 양치와 세수만 했다. 거실에서 아빠가,

—어디 가냐.

했고 어디에 가느냐는 물음인지, 나가느냐는 물음인지 몰라서,

—응.

이라고만 대답했다. 어디에 가는지는 나도 모르니까. 신발을 신으며 아빠를 보니 거의 눈을 감다시피 하고 있었다. 미간에 주름이 깊었다. 나이가 들면 피부가 얇아진다던데, 아빠의 피부는 점점 두꺼워지는 것 같았다.

나는 아빠가 떠나는 이야기를 쓴 적이 있다. 엄마가 오복분식을 하며 번 돈으로 아빠에게 가라오케를 차려주고, 일본인을 주고객으로 삼던 가라오케가 망하고, 망한 가라오케에서 엄마와 아빠와 내가 함께 훌라를 치던 장면을 썼다. 아빠가 떠나기 전 우리 가족은 종종 다 같이 훌라를 쳤다. 완전히 다 망하고 나서는 셋이 한낮에 동그랗게 앉아서 옷 벗기 내기를 하며 훌라를 쳤다. 엄마와 나는 내복까지 껴입었고, 아빠는 러닝셔츠에 사각팬티 차림이었다. 그런데도 마지막에 팬티를 벗은 것은 엄마였다. 엄마가 홀딱 벗고 누워 있던 장면도 썼다.

한 평론가는 이렇게 물었다.

—이거 너네 집 얘기냐? 혹시 그렇더라도 어디 가서 말하지 마라. 특히 애인들한테.

우리 가족은 이제 훌라의 룰도 잊었다. 가족들은 모두 각자의 일을 하러 오래도록 집을 나가 있는다. 돌아온 아빠를 거실에 혼자 두고.

신발장까지 쫓아온 고양이가 엉덩이를 내 정강이에 비비다가 바닥에 드러누웠다. 문득 죽은 고양이가 떠올랐다. 언젠가는 이

보드라운 털도, 맞대고 있는 살도 사라질 것이라는 생각을 하자 아득했다. 바닥에 누워 골골 소리를 내는 고양이를 그대로 두고 밖으로 나왔다.

*

p는 묘하게 들떠 보였는데, 평소에 듣지 않는 빠른 비트의 음악까지 차 안에 틀어놓고 있었다. 조수석 문을 열자마자 음악이 크게 흘러나와서 나는 다시 문을 닫았다 열어야만 했다. 차의 외관은 깔끔했지만 내부는 오래된 티가 났다. 시트는 몇 군데 찢어져 있었고 문손잡이 쪽엔 긁힌 자국이 많았다.

—웬 차야?

—며칠 전에 누나가 친구한테 중고로 샀어.

—그런데?

—너 태워주려고 빌렸지.

안전벨트를 매며 내가 물었다.

—그런데 우리 어디로 가?

—글쎄다. 가까운 바다라도 갈까.

우리는 휴대폰에 내비게이션 앱을 다운받았다. 월미도를 검색했더니 월미도 공영주차장이 나와서 일단 그곳을 목적지로 정했다. 가는 길에 나는 p에게 우리 가족이 차를 타고 성남에 갔던 일을 얘기해주었다.

　—그때는 아빠가 다단계를 했거든.

　—가라오케 하셨다고 하지 않았어?

　—응. 그게 망한 다음이야.

당시 엄마는 만삭이었다. 성남에 가는 내내 차가 막혔다. 엄마
는 조수석을 뒤로 젖혀두고 계속 잤고, 나는 아빠와 끝말잇기를
했다. 자다 깬 엄마가 오줌이 마렵다고 했다. 엄마에게 좀 참아보
라고 했지만 정체가 풀릴 기미는 보이지 않았다. 아빠가 차를 세
우더니 트렁크에서 다단계 제품 용기 하나를 꺼내와 엄마에게 건
넸다. 엄마가 뒷좌석으로 넘어와 용기 밑에 휴지를 깔고 오줌을
눴다. 나는 용기 안의 오줌이 찰랑대는 걸 보고 깔깔 웃다가, 나도
싸겠다고 했다.

　—내가 너무 어릴 때 얘기를 많이 하나?

p에게 묻자 p는 그냥 웃기만 했다. 나는 p가 틀어둔 노래를 따
라 불렀다. 부르면서 애인들에게 가족 얘기를 하지 말라던 평론가
의 말을 떠올렸다. p에게는 어디까지 말할 수 있을까.

차를 주차장에 세우고 바다 쪽으로 걸어갔다. 바다를 잠깐 보기
만 했는데 모든 게 흩어지는 기분이 들었다. 바다가 있는 곳에서
살았던 적도 있는데. 바다에 올 때마다 계절을 건너뛰는 기분이
들었다. p는 무감해 보였다. 나는 어쩌면 p에게서 그런 무감함을

배우고 있는지도 몰랐다.

*

메뉴를 선정하기까지 역시나 오래 걸렸다. 야외 테이블이 있는 곳이 좋다는 내 말에 우리는 조개구이를 먹게 되었다. 나는 밤에 밖에서 뭘 먹으면 어른이 된 기분이라고 말했다. p가 날 빤히 보다가,

—너 어른이야.

했다. 나는 술도 시켰다. 몇 잔 마시자 p에게 무슨 얘기든 하고 싶어졌다.

—좀비 아빠랑 바다에 가는 소설을 썼었어.

—알지.

—나는 요즘 소설 속에서 사람도 엄청 죽여댄다.

—그래?

—너도 죽일 거야.

—재밌겠네.

—지독한 소설을 쓸 거야. 유머라고는 한줌도 없는 소설을.

그러고 보니 아직까지 소설에서 애인은 단 한 명도 죽이지 않았다. 그 사실이 웃겼다. 조개가 입을 쩍쩍 벌렸고, 야외 테이블은 가게들의 조명을 따라 끝없이 늘어서 있고, 바다는 보이지 않았다.

*

　근처에는 모텔이 아주 많았다. 우리는 조개구이를 다 먹고 나서
조금 걸었다. 낯선 도시라 좀 위축되기도 하고 날이 쌀쌀해져서
나는 얼른 집에 가자고 p를 졸랐다. 주차장으로 돌아와 p가 리모
컨 키의 문 열림 버튼을 눌렀는데 소리가 나지 않았다. 비슷한 차
가 많은데다 오늘 처음 본 차여선지 찾는 데 좀 오래 걸렸다. 한참
뒤에야 찾은 차는 어둠 속에서 조용히 헤드라이트를 깜빡이고 있
었다. 차에 타고서도 내가 계속 추워하자 p는 뒷좌석에 있던 담요
를 내게 덮어주었다. p가 시동을 걸기 전에 내가 물었다.

　—담요 위를 좀 쓸어내려줄 수 있어?

　다행히 p는 그렇게 해줬고, 나는 잠깐 잠들었다. 꿈에서 뮤지
컬을 보러 갔는데, 배우들이 한 명도 제시간에 오지 않았다. 공연
장측에서는 기존 공연 실황 영상을 틀어주겠다고 했다. 그걸 보다
가…… 기시감을 느끼며 깨어났다. 창밖을 보았다. 차는 큰 다리
를 건너는 중이었다. 나는 가만히 p의 오른손을 잡았다. 우리가 마
음만 먹으면 언제든 가족이 될 수도 있다는 사실이 이상했다. p를
닮은 못생긴 아이를 낳고, 그 아이는 여러 도시를 오가며 살다가,
나를 닮은 사람을 만나서, 언젠가 누군가와 이런 차를 타고 가면서
생각하는 것이다. 마음만 먹으면 언제든 가족이 될 수도 있다는 사
실이 이상하다고.

한참을 달리다보니 익숙한 건물들이 나타났다.

―우리 동네야?

―응.

p는 그저 우리집 주소를 검색해 안내된 길을 따라온 것뿐일 텐데, 나는 마치 내가 사는 도시가 사라졌다 갑자기 나타난 것처럼 괜히 놀라운 마음이 들었다. 우리가 늘 가던 곳이 아닌 다른 도시를 찾아갔는데, 또 이렇게 금방 익숙한 도시에 돌아왔다는 것이.

우리집으로 가는 길엔 골목이 많았다. 골목들이 참 비좁고 비슷비슷하네, 그런 생각을 하는데 퍽 하는 소리와 함께 차가 멈췄다. p가 허겁지겁 창문을 내리길래 나도 그쪽을 바라보니 사이드미러가 날아가고 없었다. 우리는 사이드미러를 찾기 위해 차에서 내렸다. 사이드미러는 멀리도 비행을 했는지, 차 한참 뒤에 있는 다세대주택의 작은 화단에 떨어져 있었다. 주워오면서 차를 살펴보니 다른 차에 부딪히거나 한 것은 아니었다. p의 마음은 전혀 그렇지 않을 텐데도, 나는 그만 다행이라고 생각해버렸다. 차가 멈춰 선 건물의 기둥에 검은 줄이 선명히 나 있었다.

나는 조수석에 타서 무릎 위에 사이드미러를 올려두었다. 부러진 사이드미러에는 전선이 생각보다 많이 달려 있었다. 이런 조그만 거울에 의지해 사람들은 그런 다리를 건너고, 바다를 보고 오고, 도시를 넘어가는 일을 아무렇지도 않게 한다.

사이드미러 없이도 어찌어찌 우리집 주차장까지 오긴 했다. 나는 p에게 잠시 기다리라고 하고 집에 올라갔다. 거실에는 아빠가 내가 나갈 때 모습 그대로 누워 있었다.

　—불도 안 켜고 뭐해?

　내가 불을 켜며 말했더니,

　—깜빡 잤네.

했다. 방에서 박스 테이프를 찾아서 다시 나가려는데 아빠가 물었다.

　—어디 가냐.

　—응.

　주차장으로 내려와 박스 테이프를 건네자 p가 사이드미러를 좀 잡고 있어달라고 했다. 내가 사이드미러를 떨어진 자리에 갖다대고 있자 p가 테이프로 둘둘 감아 붙였다. p는 차 옆에서 담배를 한 대 피웠다. 꽁초를 비벼 끈 뒤 풀이 죽은 채로 이만 가보겠다고 했다. 나는 p의 차가 주차장을 빠져나가는 모습을 바라봤다. 손을 흔들까 했지만, 사이드미러가 불안하게 흔들리고 있었다.

*

　모든 장소와 시간을 그저 빌리면서 산다고 생각할 때면……

*

Y에게서 메시지가 왔다. 그는 내일 고양이 여러 마리가 있는 집에 놀러갈 예정이라 지금부터 알레르기 약을 먹고 있다고 했다. 나는 Y에게 고양이는 죽어서도 털이 많이 빠진다고 말해주었다. 그 메시지를 엎드린 채로 전송하다가 웃음이 나왔는데, 웃었다는 사실에 스스로도 너무 놀라서 한동안 가만히 있었다. 그렇게 누워서 쌓여 있는 책들을 눈으로 훑다가 『픽션들』에 이르렀을 때, 동생에게 '뭐해?'라고 메시지를 보냈다. 동생은 '지금 본가로 가는 중'이라고 답하더니 이어서 한번 더 답했다. '곧 도착'. 엄마가 퇴근하고 들어오는 소리가 들렸고, 모두가 오고 있네, 오랜만에 가족이 다 모이겠네, 생각했다.

*

누군가 나를 죽이는 소설을 쓰는 날이 올까. 너무 오래 살다보면 그런 일이 있을지도 모른다는 생각을 한다. 아마 높은 확률로 그것을 쓰는 사람도 읽는 사람도 나뿐일 것이다.

해설 | 오은교(문학평론가)

취약한 신체의 감정 지도 그리기

일반적으로 소설은 보상의 형식을 띤다. 보상의 내용은 시대마다 다르지만 대개는 생산적인 교훈이나 변화의 여지 같은 것이기 마련이다. 경제적 생존과 번영, 그리고 사회적 소수자들에 대한 인식 개선이 요구되는 지금이라면 여성의 계몽이 우리 시대 소설적 보상의 범형이 될 것이다. 그러나 송지현의 이번 소설집 『여름에 우리가 먹는 것』은 그 본보기를 따르지 않는다. 여성의 각성과 성취를 말하는 의기양양한 성공담과 야망심을 북돋아주는 짱짱한 임파워링 구호에서 소외된 이들의 흥망성쇠 일상사가 이 책을 채우고 있다.

송지현의 소설세계에서는 기승전결이나 인과응보, 고진감래의 논리가 작동하지 않는다. 인물들은 때때로 알코올에 의존하고, 자주 울고, 자신이나 타인을 죽이고 싶은 충동에 사로잡혀 있다가 겸연쩍어하며 아침을 맞이하고, 창피와 숙취에 시달리면서 어렵사리 하루를 보낸다. 언제나 노동시간을 상회하는 한가한 일상과 특별한 목적 없이 떠나는 여행은 자잘한 성취와 실패들로 채워진다. 욕, 자해, 주정, 흡연 등 사랑받기 위한 여자 주인공이라면 응당 피해야 할 기호와 습관에 젖어 있는 송지현의 일인칭 화자들은 착실하게 앞날을 계획하거나 미래를 준비하는 법을 모른다. 약자를 억압하는 강자보다 좌절을 반복하는 약자를 미워하는 것이 더 손쉬운 세상에서 이 소설들은 자유와 성장 신화의 콤플렉스를 자극하기에 충분하다.

그러나 한편 생각해보면, 용기나 희망은 자주 상처를 모욕한다. 그것들은 아픔이 경감되고, 치유되고, 이윽고 훈장이 될 수도 있을 것이라고 독려하며 사람을 침식시키는 상처를 폄하한다. 고난은 대개 그것이 언젠가는 해결되리라는 발전의 마스터플롯을 따라 작동하는데, 부정적 감정은 미래의 시간을 포함하는 희망의 서사 속에 안착되어야만 다뤄볼 수 있는 것이 되기 때문이다. 얼마간 다룰 수 있는 것이 되어야 포착이 가능한, 다룰 수 없는 것으로서의 부정성의 역설은 그렇게 미래라는 시간을 멋대로 이용하는 사고방식에 기인한다. 그런데 미래는 정말 희망적일까. 사람은 고통을 극복하고 갈등을 해결하여 지복의 순간을 맞이할 수 있을까.

과거의 상처에 걸려 끊임없이 넘어지는 이들을 그린 여기 이 소설들은 그러나 미래를 저당잡는 방식을 의심하는 것을 멈출 수가 없어 보인다. 절망을 반복하며 극복을 불신한다. 자아와 인식이라는 진화의 산물을 형벌로 여기는 이들의 미더운 점은 그럼에도 무언가를 마주치고 부딪치고 느끼고 상처받고 꺾이는 일을 결코 멈추지 않는 데에 있다. 낭패, 짜증, 설움, 환멸, 좌절, 울분 등 소설집을 채우고 있는 불일치의 뜨거운 정동들을 끊임없이 새로운 이름과 의미로 번역해야 함을 이들이 어느새 알게 되었기 때문일까. 상처를 우습게 아는 시선을 참을 수가 없다는 듯이, 평안의 약속이 고통의 순환적 고리라는 것을 절박하게 알리고 싶다는 듯이 이 우울에는 텔로스가 없다. 송지현의 소설은 그렇게 다복한 재생산적 미래주의와 결별하며 시작된다.

정상 가족 신화와 가족의 미래

아이에게 가족이 선택할 수는 없지만 생존을 위해 포기할 수도 없는 자연처럼 주어지는 것이라면, 가정폭력과 정상 가족 이데올로기가 유발하는 고통은 사실상 자연재해에 가까운 것이다. 자연재해가 모두에게 공통적으로 일어나는 듯 보이지만 특정한 이들을 선별해 괴롭히듯, 가족 이데올로기는 취약한 생명이 맞닥뜨리게 되는 통계적 결과이자 원인으로 개인을 옭아맨다. 송지현의 이번 소설집에서 재현되는 대부분의 가족은 모두 저마다 엉망으로 굴며 서로를 못살게 하는 중이다. 가족으로 인한 우울증 자체가 심오한 사색의 대상으로 제시되지 않는다는 점에서 잘 드러나는 바, 슬픔의 내력은 이미 오래된 것이다. 가족 소설이 대개 결정적 화목과 불화의 서사로 이분화되어 있기에 시난고난 서로를 견디며 사는 이 이야기들은 미학적으로 낯선 데가 있지만, 인간은 고통을 해결하는 것이 아니라 고통을 다루며 살아갈 수 있을 뿐이라는 사실을 상기해본다면 이 가족 소설은 지극히 현실적이다.

송지현이 그리는 가족의 한 전형인 「손바닥으로 검지를 감싸는」은 인간사 고통의 주된 원인으로 가족 이데올로기를 지목하며 지긋지긋하고 신물나는 가족의 형상을 묘사한다. 남편이 돈을 벌러 외국으로 떠난 탓에 홀로 어린 자식들을 건사해야 했던 '나'의 엄마는 동네에서 작은 호프집을 운영한다. 엄마는 술과 담배에 절어 툭하면 '나'에게 손찌검을 하고 '나'는 이를 선생에게 알리지만 무시당한다. 하지만 "못난 부모라도 믿을 수밖에 없는 것이 미성년의 숙명"(46쪽)이다. 그리고 시간이 흘러 엄마는 노후를 보내려 사놓은 집에서 하루도 살아보지 못하고 죽는다. 소설은 부재한 아빠와 엉망인 엄마 밑에서 여동생을 동지이자 공범자로 여기며 성장한 '나'가 주정뱅이 외삼촌과 동생과 함께 부모의 신혼여행지인 경주에 다녀오는 이야기로, '가족의 악연'과 '유전의 불안'을 적나라하게 보여준다. 여행 전날 외삼촌과 같이 술을 마시던 '나'는 술 때문에 죽은 가족들을 떠올리며 "유전에 대해 생각하다가 외삼촌을 바라보니 기분이 좋지 않"(43쪽)다. 여행도 순탄치 않다. 용돈을 미끼로 여행에 낀 외삼촌은 동행 내내 한심한 소리만을 지껄이고, 기대를 부풀게 했던 숙소의 바비큐장은 지하에 볼품없이 차려져 있다. 전날 고난을 잠재워준다는 반야심경을 들은 '나'는 불국사에 갔다가 진리의 부처라는 비로자나불 앞에서 어쩐지 흐르는 눈물을 참을 수 없어진다. 그리고 그날 안부 전화를 걸어온 아빠에게 '나'는 고백한다. "엄마는 아빠가 없어서 힘들어했"다고, "그런데 아빠가 없는 엄마를 견디는 우리가 더 힘들었"(63쪽)다고. 부재한 아빠, 여성 혐오적 소문에 갇혀 있던 폭력적인 엄마, 반복해서 자살을 기도하는 친척 어른 밑에서 가족을 떠나는 것만이 유일한 꿈이었던 이 자매의 이야기는 개인이 쉬이 극복하기 어려운 환경의 불안을 잘 보여준다.

죽은 동생과의 대화와 엄마와의 여행을 두 축에 놓고 진행되는 「명절 전야」 또한 「손바닥으로 검지를 감싸는」과 마찬가지로 '여성 연대'라는 이름으로 화해로 향하는 아름답고 따스한 모녀 서사와 그 궤를 달리한다. 여동생의 죽음 이후 더욱 난폭하게 취해 '나'에게 온갖 쌍욕과 화풀이를 하는 엄마가 잠든 어느 새벽 '나'는 동생이 쓰던 철봉에 스타킹을 묶어 목을 매지만 죽음마저 쉬이 허락되지 않고, 자살에 실패한 '나'는 엄마와 따로 살기 위해 독립을 결정한다. 독실한 기독교인인 이모들이 사는 교외의 주택으로 이사한 '나'는 우연히 마주친 길고양이를 돌보며 지내지만, 고양이는 이내 내장을 다 드러낸 채 죽고 만다. 산 가족이 모여 죽은 가족을 위한 예식을 올리는 명절 전야, '나'는 엄마와 함께 절에 올라가 기도를 올리고 그날 밤 홀로 호프집에 앉아 죽은 동생의 환영과 대화를 나눈다. "인생은 어차피 사고의 연속"(118쪽)이라며 헛된 위무를 하는 엄마와 달리, 외롭고 괴로운 '나'는 "자꾸 과거로 끌어당겨지는 것"(120쪽) 같은 기분 속에서 동생의 환영을 마주한 채 중얼거린다. "내가 생각이 짧잖아. 미래를 모르고 살잖아."(109쪽) 벗어날 수 없는 어제와 지속 불가능한 오늘, 그리고 기약할 수 없는 내일 속에서 덕담과 축복이 오가야 할 명절 전야는 '나'에게 가위에 눌린 시간처럼 체감된다.

그러나 화목하지 않은 가족 서사는 좀처럼 환영받지 못한다. 「쓰지 않을 이야기」에서 소설가 화자 '나'는 부모와 함께 가라오케에서 옷 벗기 내기를 하며 훌라를 치는 장면이 나오는 작품을 썼다가 평론가로부터 핀잔을 듣는다. "이거 너네 집 얘기냐? 혹시 그렇더라도 어디 가서 말하지 마라. 특히 애인들한테."(252쪽) 예술이라는 형식 안에서도 가족 이야기는 쓸 만한 가치가 있느냐에 따라 선별되어 그렇지 않은 작품을 쓴 작가에게 수치심을 강제하는 것이다. '나'는 애인 p와 함께 한 모텔에서 정기적으로 데이트를 하는데, 모텔이 위치한 골목은 어린 시절 '나'의 엄마가 분식집을 운영했던 곳이다. '나'는 데이트를 하며 사나웠던 유년 시절을 향한 회귀 강박을 보이고, 자신이 쓰는 소설을 통해 가족들을 죽여보기도 한다. '나'는 평론가가 말하는 여성 소설가가 하면 안 되는 것에 대한 내재화의 압박과 창작을 통한 가상적인 친족 살인 욕망을 오가며 쓰지 않아야 할 것과 그럼에도 쓰게 되는 것 사이에서 결국 "누군가 나를 죽이는 소설을 쓰는 날"(259쪽)을 상상한다. 기율과 욕망 간의 내적 갈등이 자기 비난으로 향하기 쉽듯 소설가 '나'에게 문학의 규범과 친족 살해 사고실험은 가상적 자살이라는 욕망을 품게 한다.

바람난 아빠를 만나러 고향에 내려가는 게이 친구 진강이의 여정에 동행하는 이야기를 그린 「진강이의 엑센트」는 정상성의 질서에 휘청거리는 청년들의 이야기를 보여준다. 자주 만나는 사이는 아니지만 거의 매일같이 통화를 하는 진강이는 어느 날 "너라면 내 상황을 이해해줄 것 같"(133쪽)다며 '나'에게 고향에 함께 다녀올 수 있는지 물어오고, '나'는 자신이 도움이 될 것 같지 않다고 생각하면서도 알겠다고 대답한다. 하지만 두 사람의 여정은 매 순간 그들의 비정상성을 확인하게 만든다. 고속도로 휴게소의 흡연 구역에서 마주친 어린 여자아이는 담배를 피우는 '나'를 빤히 바라보고는 "엄마, 담배는 나쁜 거지?"(131쪽)라고 말하고 지나간다. "앞치마를 한 채 국자를 든 엄마가 서류 가방을 들고 현관에 들어서는 아빠를 맞이하는 모습"이 그려진 학습지를 보며 "정상이라는 것에 집착"(132쪽)해왔던 가난한 '나'는 그 기준에 미달

한 자신의 모습을 내내 멸시하는 한편 그 열패감을 과시해왔다. "어떤 사건에서든 나를 피해자의 위치"(133쪽)에 두고, 보란듯이 우울증 약을 먹고, 양성애자임을 전시했다. "나를 봐, 너희는 이렇게까지 자신을 망칠 용기가 없지."(같은 쪽) 고향에 도착한 진강이는 자신을 "사나이 중에 사나이"(137쪽)인 "딕맨"(136쪽)이라고 부르며 남성적 동맹 의식을 강조하는 불쾌한 동창과, 애인을 보러 가는 자동차 안에 "부인이 사준 묵주"(144쪽)를 걸어둔 채 남은 생을 애인에게 헌신하고 싶다는 아빠를 차례로 만나고 두 사람에게 '나'를 여자친구로 소개하며 분노와 모멸감을 동시에 느낀다. 이 여성과 퀴어 청년은 '정상성'의 세계로부터 가뿐하게 탈락했지만, 그러나 그 규율에서 자유롭지도 못해 소소한 거짓말을 하며 수치심을 느낄 수밖에 없는 삶을 살아왔다. 정상성을 강요하는 이들에게 순정한 분노조차 표출할 수 없어 자기 비하 유머를 일삼는 두 사람의 하룻밤 여정은 웃기고 슬프다. 이 여정을 통해 해결된 것은 별로 없지만, 힘든 청소년기를 보낸 두 사람은 그래도 이제 화를 내야 할 순간에 함께 있어줄 서로가 있다는 걸 알게 된다.

가족의 의미는 언제나 도전받으며 변화한다. 「오늘의 가족」과 「사진의 미래」는 각각 할아버지의 죽음과 언니의 이혼을 다루며 전통적인 가족의 형상이 흔들리는 모습을 보여준다. 두 소설은 모두 '장례식'과 '이혼'이라는 가족 이별 의례를 세속적 풍경으로 신랄하게 묘사한다. 할아버지가 위독하다는 소식을 듣고도 아무 일

없을 거라며 친구들과 밤새 술을 마시다 뒤늦게 장례식장에 간 손녀 미주의 시선으로 전개되는 「오늘의 가족」은 가족주의의 악습과 미담이 교차되는 우리네 장례식장 특유의 분위기를 코믹하게 포착한다. 손녀의 눈에 비친 할아버지의 장례식장은 슬픔과 비통함이 넘실대는 장엄한 공간이 아니라 가부장제의 열화된 전통과 민간신앙이 어쩐지 웃음을 자아내는 "사이버펑크"(92쪽) 같은 공간이다. 할아버지의 아들과 사위들은 삼베로 만든 장군 옷에 투구를 쓰고 삼베 칼을 쥔 채 손님을 맞이하고, 오래전에 재가한 큰며느리의 두 아들이 오랜만에 나타나 상주로 논의되지만 정작 "마귀를 쫓는다는 교회에 심취"(76쪽)해 목사가 되려는 큰손자는 마귀가 붙으면 곤란하다는 이유로 식장에 발도 들여놓지 않는다. 미주는 장례식을 지켜보며 동성동본 금혼 제도 때문에 제때 호적에 오르지 못한 자신을 창피해하던 할아버지의 모습을 회상하지만 미주의 기억과 달리 엄마는 그가 각별히 손녀를 아꼈다고 사람들에게 이야기한다. "술을 마시기 전까지는 자상"(87쪽)했다는 할아버지와 함께 사는 동안 가족들이 겪어야 했던 수난과 고된 병시중의 세월에도 불구하고 할아버지의 죽음은 재빨리 호상으로 수습된다. 스님의 구성진 경 가락과 가족의 서투른 곡소리가 울리는 식장의 다른 한편에는 신나게 돌아가는 화투판과 담배 냄새를 숨기기 위한 손녀들의 사투, 비밀스레 돈을 빌리려는 몸짓이 있고, 화려하게 장식된 꽃상여 행렬의 끝에는 "원숭이띠와 여자들은 뒤

돌아서"(93쪽) 있어야 하는 관습적인 차별이 있다. 가부장제와 미신의 공고함과 흐릿해진 가족 간 유대 관계의 대비 속에서 근대적 가족 체계가 붕괴되는 과정이 적나라하게 포착되는 것이다.

「사진의 미래」 또한 우리 시대 새롭게 갱신되고 있는 가족의 의미를 재탐색한다. 어린 시절 부모가 이혼한 뒤 엄마와 함께 살게 된 '나'와 언니는 집으로 남자들을 데려와 사는 엄마에 대한 이웃의 수군거림과 엄마의 자살 협박을 감당해야 했다. 그런 '나'와 언니에겐 차라리 아버지와 보냈던 잠깐의 시간들이 사진으로 남길 만한 가치가 있는 것이었다. 언니는 결혼 후 엄마 집에 발길을 끊었고, '나'는 어릴 적 친구에게 저질렀던 못된 짓에 대한 기억을 떠올리고 시체를 찍는 사진작가와 관련된 악몽을 꾸며 죄책감에 시달린다. 이 소설에선 이혼이 두 번 그려지는데, 그 양상이 사뭇 다르다는 점은 가족의 의미가 시대에 따라 변화되고 있음을 보여준다. 오래전 이미 별거를 시작했지만 이십 년 동안 호적상의 부부관계를 유지해오다 '나'가 대학에 들어가서야 서류상으로도 완전히 이혼한 부모와 달리 언니의 이혼은 빠르고 간결하게 치러진다. 정상 가족의 모습을 유지하기 위해 관계를 지속해봤자 모두가 불행해질 수밖에 없음을 잘 알고 있었을 언니는 신속하게 이혼을 결정한다. 언니의 결혼식 때 찍은 가족사진과 언니의 이혼 후 다함께 아버지를 방문했다 찍은 가족사진에는 더이상 함께 살지 않는 이들이 가족으로서 함께 보낸 한때가 박제되어 있다. 가족사진

이 아닌 두 장의 가족사진. 사진을 찍었던 과거에는 예측하지 못
했던 현재에서 '나'는 생각한다. "가족이라는 것도 시작과 끝이 있
다니."(203쪽) 천륜이라는 이름의 속박 속에서 내내 괴로워했던
'나'는 가족이라는 것이 자연과 같이 거스를 수 없는 게 아님을,
그 어떤 고통을 감내하더라도 유지해야만 하는 저주가 아님을 고
요히 알게 된다.

생애주기 이데올로기와 노동의 미래

소설집을 관통하는 다른 한 축에는 노동의 문제가 있다. 송지현
의 소설이 저성장 시대를 살아가는 청년 세대를 주인공으로 삼으
면서도 강도 높은 노동 행위를 표현하지 않는다는 사실은 매우 독
특한 점이다. 또한 거의 모든 작품에서 여행이 그려지고 있는 것
도 동일한 의미에서 주목을 요한다. 일을 하지 않는 시간도 노동
을 위한 휴식과 충전의 시간이 된 지 오래인 격무와 번아웃의 시
대, 이 소설들은 노동의 미래에 대한 새로운 관점을 제시한다.
소설 속 청년 인물들은 대개 적금이나 주식, 부동산 등의 자산
관리에 무관심하다. 이는 물론 일차적으로는 애초에 경제적 성장
자체가 어려운 외적 조건 때문이기도 하지만, 재생산에 구애되지
않는 인물들의 내적 태도로부터 비롯된 결과이기도 하다. 표준적

생애주기 모델을 따르는 자산 관리는 결혼, 출산, 양육 등 정상 가족 이데올로기를 구축할 수 있는 경제적 밑바탕으로, 개인과 가족의 자원을 효율적으로 운용하는 것 외에는 생존을 기대하기 어려운 대다수의 시민들이 불안 속에서 이행하는 삶의 방식이다. 모두가 이 경로대로 살 수 없지만, 이 정상 궤도를 따르지 않거나 성실하게 자산을 축적하지 않는 이들에게는 게으름, 태만, 도덕적 해이, 민폐 등의 딱지가 붙기 마련이다. 하지만 실로 근면한 노동이 불가능한 삶도 있다. 운이 나쁘거나 아프거나 가난한 이들에게 성실은 불가능한 조건이기도 하다. 송지현의 소설이 언제나 현재 삶의 압도적인 무게를 인식하는 것에서 시작함에도 불구하고 그에 걸맞은 착실하고 싹싹한 근로자 주체를 형상화하지 않는 점은 그런 면에서 특기할 만하다.

송지현의 첫번째 소설집 『이를테면 에필로그의 방식으로』(문학과지성사, 2019)는 흥청망청하며 보냈던 청춘이 끝난 자리에서 시작되곤 했다. 방탕하고 질펀했던 시절은 어느덧 종료되고 정신을 차려보니 주변 사람들은 모두 생활인으로 거듭나 있는 시기, 지루한 지금의 삶에 버려진 듯 존재하는 인물은 송지현의 소설을 대표하는 유형이었다. 초라한 나이트클럽에서 스물아홉번째 생일을 보내게 된 청년의 이야기인 「나이트클럽 연대기」 또한 청춘의 후일담이라고 할 수 있다. "해야 할 많은 선택들과 그에 따르는 책임들"(207쪽)에 이미 녹초가 된 스물아홉 살 청년들은 웨이터의 손에 이끌려 나이트클럽에 들어선다. 한때는 사람들로 가득했었을 나이트클럽은 현재 쇠락해 있고, j가 쉬지 않고 해왔던 네 번의 연애도 어느새 종료되었다. j를 맡아 키웠던 이모는 아버지가 죽은 후 이민을 갔으며, j에게 처음으로 연애 감정을 느끼게 해줬던 동성의 교사는 지방으로 이주했고, j와 함께 나이트클럽을 누비고 다녔던 친구 또한 타국으로 유학을 떠났다. 그리고 나이트클럽에서 만난 상대와 즉흥적으로 하룻밤을 함께 보내며 친밀감을 느끼던 시절도 끝났다. 가족도, 친구도, 연인도 모두 떠나고 거의 텅텅 빈 나이트클럽에서 스물아홉번째 생일을 맞은 j는 지난 인생 전체가 주마등처럼 스쳐가며 "앞으로의 모든 삶이 이렇게 지나가리라 예감"(230쪽)한다. 돌아갈 수도 나아갈 수도, 탈락할 수도 편입될 수도 없는 상태가 j를 비롯해 지금의 청년 세대가 처한 실존적 상황이다.

과로가 청년 세대의 미덕이자 정치적 발언권을 확보할 수 있는 최소 요건이 된 시대, 과로하지 않는 청년의 형상은 무엇을 의미할까. 보험회사에서 아르바이트를 하다 계약이 만료된 '나'의 바르셀로나 여행기를 담은 「삼십 분 속성 플라멩코」가 이를 잘 보여준다. 항상 조급해하며 취미를 개발하고 적금과 부동산에 몰두하는 남자친구와 달리 "나는 살면서 스스로 무언가를 찾아서 해야겠다거나, 해내야겠다는 생각을 한 적이 한 번도 없"(153쪽)다. '나'는 여행을 떠난 바르셀로나에서 "플라멩코의 절정 부분만 삼십 분

분량으로 압축해서 보여주는"(157쪽) 공연장에 가게 되는데, 네 시간짜리 공연을 삼십 분으로 압축한 만큼 공연은 시종 과잉된 감정으로 휘몰아치며 전개되고 '나'는 이 하이라이트 작품에 감동을 받은 듯한 다른 사람들과 달리 피로감을 느끼며 친구 m에게 메시지를 보낸다. "어떤 사람들은 플라멩코의 삼십 분이 없는 상태로 살기도 하는 것 같아."(166쪽) 그리고 귀국 전날 '나'는 m의 부고를 듣는다. 세계 여행 후 마지막 도시였던 바르셀로나에 정착하게 되었다는 한국인 관광 가이드와 낯선 도시에 살고 싶다는 바람을 이루기 위해 바르셀로나에 왔다는 중년의 미국인 등 정상적 생애 주기를 벗어난 이들이 있는 바르셀로나에서의 시간과 모두가 미래를 준비하기 위해 생산성의 포로가 되어 불안에 떨고 있는 한국에서의 시간은 대비된다. 하지만 m의 갑작스런 죽음에서 보듯 "확실한 미래"(169쪽)는 오직 죽음뿐이다. '나'는 여행 전 m이 선물해준 가우디 평전을 여행에서 돌아와서야 읽으며 가우디와 달리 "나는 아무 주의자도 아니"(171쪽)지만, 모든 시민에게 동일한 조건을 가정하는 기계적 공평이 무언가 맞지 않는다는 것을 알게 된다.

「여름에 우리가 먹는 것」은 송지현표 노동 소설의 가장 최신 버전이라 할 만하다. '나'는 오 년여 전에 앨범을 냈지만 주목받지 못한 밴드의 뮤지션이다. "이왕 이런 시대에 태어난 거, 잘 팔리는 걸 만드는 능력이 있으면 좋"았을 테지만, '나'는 "실패하리라는 걸 알면서도 다른 선택지를 고를 수 있는 상황에서 같은 선택을 한번 더 하는 사람"(22쪽)이다. 어느덧 서른을 넘어 가까운 친구들이 하나씩 취업, 결혼, 임신을 하며 생활인으로 거듭나는 동안 '나'는 여전히 고시원을 벗어나지 못한다. 자신을 둘러싼 모든 상황이 권태로워질 무렵, '나'는 유럽 여행을 다녀오는 동안 뜨개방을 봐달라는 이모의 부탁을 받고 고향으로 내려온다. 서울에서 지낼 때는 "남을 죽이고 내 인생이 망가지는 악몽"(13쪽)을 꾸던 '나'는 도시 생활을 접고 낙향해 핫도그를 파는 또래 청년과 여행을 위해 부지런히 영어 회화를 공부하는 이모가 주는 생활감과 활력 곁에서 차차 우울의 긴 터널을 통과하는 법을 익힌다. 뜨개질을 잘하기 위한 관건은 손에 힘을 빼는 것이라고 조언하던 이모는 '나'의 오래된 스웨터의 실을 풀어 새로운 옷과 가방을 떠준다. 어떻게 떴느냐며 놀라워하는 '나'에게 이모는 말한다. "뜨개질은 다돼. 풀면 새로 만들 수 있어."(36쪽) 뜨개질을 하면 "몇 번이고 다른 모양이 될 수 있다는 것"(같은 쪽)을 깨달은 '나'는 어딘가를 "떠나온 기분", "나쁘지는 않은 기분"(37쪽)을 느낀다.

이 책에 실린 작품들이 주로 가족과 친구와 나누는 친밀함의 세계, 근로와 휴식에 관한 노동자성의 문제를 다루고 있지만, 지독한 가부장제 이데올로기나 정상성을 선별하는 재생산 시스템의 메커니즘을 낱낱이 까발려 깨우치게 하려는 것은 아니다. 구조 분석의 빈자리를 채우는 것은 세세한 감정과 잊을 수 없는 기억에 대한 기록이다. 식당에서, 술집에서, 고속도로 휴게소에서, 관광지에서, 엘리베이터에서, 거리에서 마주친 사람들과 나눈 대화, 그때의 공기, 그때 느낀 감정이 소설에 기록되어 있다. 아무 일도 일어나지 않는 듯 보이는 이야기의 표면 밑에는 격하게 요동치는 마음이 있다. 인물들이 보이는 수동성과 존재를 건 묵직한 농담은 목적 없는 삶에 내던져진 이들의 삶의 전략이다.

이 책에서 소소한 감동과 행복을 찾아가는 것도 가능한 독해법이지만, 송지현의 세계가 오락과 휴식의 기쁨을 느낄 수 있도록 설계된 곳만은 아니다. 오히려 이 세계는 돌보지 않으면 무너지는, 돌보아도 또 무너지고야 마는 일상의 위태로움이 어느새 항상성을 이루게 된 곳이다. 이 불안정과 기복은 개선되거나 괜찮아질 수도 있고 그렇지 않을 수도 있다. 우리의 삶이 어리석음을 대가로 치르고 깨달음과 성숙을 보상으로 얻을 수 있는 시합 같은 것이라면 좋겠지만, 실제의 삶은 그렇지가 않다. 고통과 해방, 우울과 기쁨은 순차적으로도 인과적으로도 전개되지 않는다. 고생 끝에도 낙이 오지 않고 비 온 뒤에도 땅이 굳지 않을 수 있으며 그러고도 삶은 지속된다. 수치심과 억울함, 적개심과 황망함과 같은 소수자의 르상티망은 영영 해소될 수 없는 감정으로 인간을 오래 번뇌케 할 것이다.

열심히 살면 좋은 삶이 보장될 것이라는 허황된 위로가 가득한 지금, 불우함을 극복하고 상처를 자원화하라는 아리송한 격려가 넘쳐나는 여기, 송지현의 소설은 일관성 없는 세계와 그저 부딪칠 수밖에 없는 것이 인간의 조건임을 받아들인다면 이윽고 우리는 그 어떤 규범적 선험성에 저항하게 될 수밖에 없음을 보여준다. 한 철학자는 행복이 의무로 강제되는 사회에선 불행이 권리가 될 수 있다고 말한다.* 규범과 불화하는 불행의 감각은 불쾌감 이상의 정치적 감정으로 급진화될 수 있다. 무엇도 될 수 있고 아무것도 아닐 수 있는 이 책에 그려진 많은 감정들을 그저 미워하고 사랑하며 느껴보기를 바란다. 이것들이 무엇을 일으키는지 같이 이야기해보고 싶다. 실수를 답습하고, 약속을 미루고, 결심을 번복하는 우리 취약한 신체들과 함께.

---

* 사라 아메드, 『행복의 약속』, 성정혜·이경란 옮김, 후마니타스, 2021.

작가의 말

얼마 전 친구 두 명과 홍천에 놀러갔다. 뜨끈하게 데워진 실내 풀장의 끝과 끝을 오가며 소맥을 마셨다. 마시면서 이런저런 얘기를 했다. 대부분 현재에 기대어 있는 이야기였고, 우리는 때론 웃었고 때론 눈시울을 붉혔고 때론 함께 화를 냈다. 그러다 어느 순간 적막해진 풀장 안에서 친구 하나가 말했다.

"우리 서른 살까지만 살자고 한 거 기억나?"

내가 정정했다.

"야…… 서른 살 아니고 스무 살이었어……"

'스무 살까지만 살고 싶어요'라는 제목의 영화와 책과 노래를 접했던 시절이었다. 특히 나는 런 캐럿이 부른 그 제목의 노래를 자주 듣곤 했다. 내친김에 내가 그 노래를 고래고래 부르자 친구들이 웃었다. 친구들은 이제 모두 아이 엄마가 되었다.

그중 한 친구의 아이는 요즘 종종 거짓말을 한다고 했다. 누군
가 나이를 물으면 다섯 살이라고 대답한다는 거였다. 그러면 친구
가 조용히

"너 네 살이야."

라고 정정해주곤 하는데 그때마다 아이는

"하지만 나는 다섯 살이 되고 싶고 어차피 곧 될 거잖아."

라며 약간의 부끄러움과 뻔뻔함을 곁들여 말한다고 했다.

오늘이 당연하게도 내일로 이어질 수 있다고 믿는 삶.

요즘은 건강에 관심이 많아졌다. 어릴 땐 엄마가 영양제를 챙
겨주면 등굣길에 하수구에 뱉어내곤 했다. 지금은 직구, 오프라인
매장 가릴 것 없이 내 손으로 사 먹는다. 엄마에게 영양제를 선물
할 때도 있다. 심지어는 엄마와 같은 유튜브 영상을 보고 건강 정
보를 얻었다는 사실을 알고 소름이 돋기도 한다.

밝은 곳으로, 농담이 넘치는 곳으로, 이윽고 상처 없는 곳으로
가고 싶다.

이 책이 그곳을 바라보면서 쓰였다고 믿고 싶다.

이번에도 많은 이들에게 기대어 글을 썼다.

혹시나 그들이 준 마음에 비해 나의 글이 가벼울까 언급하지는

않겠다.

하지만 내일이라는 시간이 다시 오늘이 된다는 걸 믿는다고,
믿는 동안 우리는 또 만나게 될 거라고 전하고 싶다.

흘러간 2000년대 펑크 밴드의 노래를 흥얼거리는
나는 앞으로 아주 오래 살고 싶어질 것 같다.

2021년 11월
송지현

| 수록 작품 발표 지면 |

여름에 우리가 먹는 것 …… 『자음과모음』 2020년 여름호

손바닥으로 검지를 감싸는 …… 『현대문학』 2020년 1월호

오늘의 가족 …… 『문학과사회』 2020년 여름호

명절 전야 …… 『학산문학』 2019년 겨울호

진강이의 엑센트 …… 『문학들』 2020년 봄호

삼십 분 속성 플라멩코 …… 『현대문학』 2016년 6월호

사진의 미래 …… 『문학동네』 2021년 봄호

나이트클럽 연대기 …… 문장 웹진 2016년 10월호

쓰지 않을 이야기 …… 『쓰지 않을 이야기』(아르테, 2020)

문학동네 소설집
여름에 우리가 먹는 것
ⓒ송지현 2021

1판 1쇄 2021년 11월 25일
1판 5쇄 2024년 6월 7일

지은이 송지현
책임편집 김내리 | 편집 정민교 이상술
디자인 고은이 유현아 | 저작권 박지영 형소진 최은진 서연주 오서영
마케팅 정민호 서지화 한민아 이민경 안남영 왕지경 정경주 김수인 김혜원 김하연
　　　 김예진
브랜딩 함유지 함근아 고보미 박민재 김희숙 박다솔 조다현 정승민 배진성
제작 강신은 김동욱 이순호 | 제작처 천광인쇄사

펴낸곳 (주)문학동네 | 펴낸이 김소영
출판등록 1993년 10월 22일 제2003-000045호
주소 10881 경기도 파주시 회동길 210
전자우편 editor@munhak.com | 대표전화 031) 955-8888 | 팩스 031) 955-8855
문의전화 031) 955-2696(마케팅) 031) 955-8864(편집)
문학동네카페 http://cafe.naver.com/mhdn
인스타그램 @munhakdongne | 트위터 @munhakdongne
북클럽문학동네 http://bookclubmunhak.com

ISBN 978-89-546-8373-9 03810

www.munhak.com